결혼만큼 본질적으로 자기 자신의 행복이 걸려있는 것은 없다. 결혼 생활은 참다운 뜻에서 연애의 시작이다.
– 요한 볼프강 폰 괴테

미인은 눈을 즐겁게 하고, 어진 아내는 마음을 즐겁게 한다.
– 나폴레옹 보나파르트

이혼은 극히 자연스러운 일로, 많은 집에서는 매일 저녁 그 가능성이 부부의 사이에 누워 있다.
– 세바스찬 샹포르

결혼은 새장과 같다. 밖에 있는 새들은 부질없이 들어가려고 한다. 안의 새들은 부질없이 나가려고 한다.
– 몽테뉴

결혼 서약이란, 흡사 정치 공약과 같은 것이다. 후보자와 유권자 사이에 관계가 시작되면서 맺어지지만, 금방 잊혀진다.
– 딕 그레고리

결혼이란 조그만 보트를 타고 오랫동안 여행을 가는 것과 같다. 한 사람이 요동하면 다른 이는 가만히 있어야만 한다. 그렇지 않으면 전복되기 십상이다.
– 시어도어 아이작 루빈

부부란 두 반신(半身)이 되는 것이 아니고 하나의 전체가 되는 것이다.
– 빈센트 반 고흐

원만한 부부 생활의 비결은 결코 죽느냐 사느냐 하는 아슬아슬한 지경에까지 이르지 않도록 하는 것이다.
– 도스토옙스키

남의 취향에 맞는 아내(남편)가 아니라 자신의 취향에 맞는 아내(남편)를 얻어라.
– 루소

그를 돌봐줘라. 그가 중요하다고 느끼게 해줘라. 그렇게만 한다면 행복하고 멋진 결혼 생활을 영위할 수 있을 것이다. 10쌍당 2쌍 정도만 해당하는 그런 결혼을.
– 닐 사이먼

아내는 청년의 연인, 중년의 말 상대, 노년의 간호사이다.
– 프랜시스 베이컨

결혼을 신성하게 하는 것은 오직 사랑이며, 진정한 결혼이란 사랑으로 신성해진 결혼뿐이다.
– 레프 톨스토이

쉽게 말해, 부부란 쇠사슬로 묶인 죄수이다. 따라서 부부는 발을 맞추고 걷지 않으면 안 된다.
– 막심 고리키

사람들은 대개 무아몽중(無我夢中)에 급히 결혼하기 때문에 그 결과로 일생을 후회와 한탄으로 보낸다.
– 몰리에르

성공적인 결혼생활을 하려면 이혼을 해야 한다. 자기를 사랑하는 것에서부터의 이혼이다.
– 로버트 프로스트

결혼은 열병을 앓는 것과 반대로, 발열로 시작하고 오한으로 끝난다.
– 게오르크 리히텐베르크

여자들은 나에게 있어서는 코끼리와 같다. 바라보는 것은 좋아하지만 집에까지 가져오고 싶지는 않다.
– W. C. 필즈

남편을 잘못 만나면 당대 원수 아내를 잘못 만나도 당대 원수
– 우리나라 속담

마음이 끌리는 것만으로 결혼하지 마라. 누가 보든지 이 여자(남자) 정도라면 할 정도라야 한다. 바가지 긁는 소리를 듣고 싶으면 결혼하라, 칭찬을 듣고 싶으면 죽어라.
– 아일랜드 속담

전쟁터에 가기 전에는 1번 기도하고, 바다에 가게 되면 2번 기도하고, 그리고 결혼하기 전에는 3번 기도하라.
– 러시아 속담

결혼은 세 번쯤 하는 게 좋아

결혼은 세 번쯤 하는 게 좋아

지은이 고요한
펴낸이 임상진
펴낸곳 (주)넥서스

초판1쇄 발행 2021년 7월 26일
초판2쇄 발행 2021년 7월 30일

출판신고 1992년 4월 3일 제311-2002-2호
10880 경기도 파주시 지목로 5
Tel (02)330-5500 Fax (02)330-5555

ISBN 979-11-6683-116-4 03810

가격은 뒤표지에 있습니다.
잘못 만들어진 책은 구입처에서 바꾸어드립니다.

www.nexusbook.com
&(앤드)는 (주)넥서스의 문학 브랜드입니다.

결혼은 세 번쯤 ______ 하는 게 좋아

고요한 장편소설

&

차례

아직도 뉴욕의 밤거리를 떠도는 유령이 되어

뉴욕을 배경으로 이 소설을 쓰기 시작한 것은 4년 전이었다.

뉴욕이란 도시에 '스너글러'란 직업이 있다는 기사를 본 날이었다. 세상에 뉴욕은 어떤 도시이기에 사람을 안아주는 직업이 있을까. 대체 얼마나 쓸쓸한 곳이기에. 뉴욕에 대한 환상이 깨지는 동시에 호기심이 생기는 순간이었다. 그때부터 내 머릿속에는 뉴욕의 밤거리를 떠돌아다니며 사람을 안아주는 한국인 불법체류자가 떠올랐다.

도시가 삭막해질수록 사람들은 외로워지고 고독해진다. 혼자 밥을 먹고, 혼자 술을 마시고, 혼자 노래방에 가고, 혼자 여행을 가고, 혼자 잠을 자고. 그리고 혼자 죽어간다. 어쩌면 그곳이 뉴욕일지 모른다. 문을 열면 빌딩만 보이고, 문을 열면 자신과 다른 피부색의 사람들이 보이는 곳에서 사람들은 외로움이란 단어를 가장 먼저 떠올릴 테니까.

외로움만큼 사람을 슬프게 하는 게 어디 있을까. 외로움만큼 사람을 고독하게 하는 게 어디 있을까. 그렇게 외롭고 고독한 도시에서 스너글러가 탄생하는 건 당연했다. 그곳에 나는 한국인 불법체류자인 데이비드 장이란 인물을 거닐게 했다.

이국의 거리를 걸으며 장이 본 것은 낯선 백인과 낯선 거리와 낯선 풍경일 것이다. 그 순간 장이 그리워한 것은 그가 떠나온 한국일 것이다. 낯선 곳에 가면 사람들은 천성적으로 떠나온 곳을 그리워하기 때문이다. 게다가 장은 불법체류자가 아니었던가.

이러한 이유로 소설을 쓰는 동안 내 마음은 내내 편치 않았다. 밥을 먹거나 거리를 걸을 때도 장을 생각했다. 장은 지금 무엇을 하고 있을까. 떠나온 한국을 그리워하며 허드슨 강을 따라 걷고 있을까. 아니면 센트럴파크에서 햄버거를 먹으며 하늘을 향해 서 있는 빌딩들을 쳐다보고 있을까. 마천루 위로 날아가는 한국행 비행기를 하염없이 바라볼 수도 있었다. 물론 엠파이어 스테이트 빌딩 앞에서 한국 관광객들을 멍하니 응시하다가 그들을 무작정 따라다닐 수도 있었다.

밤마다 나는 장이 되어 뉴욕의 밤거리를 헤맸다. 어느 땐 눈을 맞으며, 어느 땐 비를 맞으며, 질척질척한 거리를 유령처럼 걸어 다녔다.

소설을 거의 썼을 때 나는 장을 만나러 뉴욕에 갈 계획을 세웠다. 근사하게 뉴요커처럼 커피를 마시며 그간 못 한 이야기를 나눌 작정이었다. 그러고 나서 엠파이어 빌딩 앞에서 소설의 결말 부분을 쓸 생각이었다. 그런데 코로나가 터졌다. 별수 없이 코로나가 끝나길 기다렸지만 끝나지 않았다.

다시 뉴욕을 떠올리며 소설의 결말 부분을 그려나갔다. 부족한 부분을 메꿔준 것은 뉴욕에서 대학교를 다닌 친구들이었다. 수시로 뉴요커에 대한 궁금증을 물었다. 그리고 페이스북으로 뉴욕에 거주하는 페이스북 친구와도 메신저를 주고받았다. 뉴요커의 취미와 성격은 물론이고 뉴욕의 날씨와 거리와 주변 경치에 관해 여러 가지 의견을 들었다. 페이스북 친구는 친절하게 뉴욕에 대한 설명을 해줬고, 가끔은 사진을 찍어 보여주며 내가 이해하지 못한 부분을 이해시켜 주었다. 어느 밤에는 구글맵을 통해 뉴욕의 거리를 구경하기도 했다. 그리고 영문학을 공부한 친구 형주와 수시로 뉴욕에 대한 이야기를 나눴다.

이런 과정을 통해 소설은 4년 만에 완성됐다.

내가 장이 되어 지낸 4년의 시간들. 어쩌면 나는 장이 되기 위해 4년을 보냈는지도 몰랐다. 내 안에서 하나의 캐릭터가 만들어지고 완성되기까지 나는 부단히도 서울이 아닌, 뉴욕의 거리를 헤매고 다녔다. 그래선지 가끔 나는 내가 있는 서울이 낯설어질 때가 있다. 그럴 때면 아직도 나는 뉴욕의 거리를 헤매고 다닌다는 생각이 든다. 세상에서 가장 외로운 남자인 장을 안아주고 싶은 밤이다.

2021년 여름

고요한

사랑이라고 말할 수 없었음에도 나중에 깨달음처럼 사랑이 되는 사랑이 있다. 사랑이라고 확신할 수 있었음에도 나중에 사랑이 아니었음을 깨치게 하는 사랑도 있다. 사랑을 사랑이 아니라고 부정하고, 사랑이 아닌 것을 사랑이라고 우겨도 끝끝내 사랑이 되고 마는 사랑 속에서 우리의 인생은 눈을 뜬다. 사랑이 인생을 통해 가르치고, 인생이 사랑을 통해 가르치기 때문이다.

1

장은 자신의 품에 안겨 자는 흑인 여자를 밀어내고 침대에서 몸을 일으켰다. 그 바람에 여자가 눈을 떴다. 여자가 허리를 끌어당겼지만 장은 침대 밖으로 나가 벗어둔 청바지를 입었다. 여자는 상체를 반쯤 일으켜 침대에 기댄 후 말보로를 꺼내 라이터불을 붙였다. 사방으로 담배 연기가 퍼졌다. 장은 검은색 롱패딩을 입고 침대에 있는 베개를 집어 짝퉁 버버리 잠옷 가방에 넣은 뒤 여자를 쳐다보았다. 이불 위로 여자의 검은 가슴이 드러났다.

여자는 담배를 입에 문 채 턱으로 방 한쪽에 있는 탁자를 가리켰다. 탁자에는 구겨진 100달러 지폐 두 장이 놓여 있었다. 지폐를 쥐어 주머니에 넣고 목에 귀마개를 걸친 다음 굿바이, 하고 인사를 했다. 여자는 말 한마디 없이 장을 향해 담배 연기를 내뿜었다. 조용히 문을 닫고 여자의 집을 나와 주얼리 가게로 갔다. 점원이 뭘 찾느냐고 물어 비싸지 않은 반지를 보여달라고 했다.

"크리스마스 선물하시게요?"

"아니요, 청혼할 겁니다."

점원이 유리 진열대에서 반지를 하나 꺼내 보여주었다. 디자인과 색깔은 보지 않고 가격부터 살폈다. 점원은 장의 표정을 살피더니 마음에 안 드는 줄 알고 조금 비싼 반지를 보여주었다.

"그냥 아까 그거 주세요."

장은 흑인 여자에게 받은 200달러를 내밀고 포장도 안 한 반지 상자를 들고 나와 31번가로 들어갔다. 우뚝 솟은 빌딩들이 하늘을 떠받치고 있어 이곳은 장이 사는 32번가보다 스카이라인이 화려했다. 냄새도 달랐다. 32번가 한인타운의 콩나물국밥집에서 나는 고춧가루 냄새 대신 느끼한 버터 냄새가 났다. 장은 주머니에 넣은 반지 상자를 만지작거리며 조금 빨리 걸어갔다.

뉴욕 레스토랑 앞을 지났을 때 빌딩 사이로 데이지가 사는 낡은 건물이 보였다. 건물 앞에는 크리스마스트리가 서 있었다. 장은 건물 출입문을 밀고 들어가 계단을 따라 이층으로 올라갔다. 이층 복도 맨 끝 방문을 세 번 두드리자 데이지가 문을 열어주었다. 싱글침대가 놓인 스튜디오는 장의 방보다 작았다. 백 년 된 건물이라 창문틀이 덜렁거렸고 벌어진 벽 틈으로 바람이 들어왔다. 창문 너머로 맞은편 건물 벽이 보였다. 빨간 운동복을 입은 백인 남자가 창문가에서 두 팔로 맞은편 건물 벽을 짚고 푸시업을 하고 있었다. 장은 잠옷 가방을 내려놓고 창가에 기대섰다.

“푸시맨을 볼 때마다 이곳이 뉴욕이라는 걸 실감해. 이 좁은 스튜디오에서 운동하는 방법은 저것밖에 없잖아.”

데이지는 담요를 어깨에 두르고 오른쪽 다리를 끌며 침대에 걸터앉았다. 치마 아래로 정강이에 있는 흉터가 보였다. 길게 꿰맨 상처는 발목까지 이어져 지네가 고개를 처박고 정강이를 파먹는 것 같았다. 데이지가 오른쪽 다리를 왼쪽 다리 뒤로 숨겼지만 흉터는 가려지지 않았다. 흉터를 볼 때마다 장은 미안한 마음이 들었다.

“오후에 마거릿을 찾아갈 거야.”

데이지가 장을 힐끗 쳐다보았다.

“정말 마거릿을 이용하려고?”

“이용하는 게 아니라 거래를 하는 거야.”

“난 싫어.”

“이만한 기회가 어딨어?”

“마거릿에게 가려면 나랑 헤어지고 가.”

데이지는 긴 머리카락을 한 올 잡아당겼다. 팽팽하게 당겨진 머리카락이 툭 끊어지자 데이지는 손으로 돌돌 말았다. 치맛자락에도 머리카락 한 올이 들러붙어 있었다.

“뉴욕에 오면 내 인생이 달라질 줄 알았어. 내 이름을 딴 가방 브랜드를 만들고 싶었는데……. 꿈이란 게 참 허망해. 꿈은 내 삶을 바꿔놓은 게 아니라 망쳐놓았어. 차라리 꿈을 꾸지 않았으면 뉴욕에 오지 않았을 텐데. 너와 결혼하는 꿈도 꾸지 않았을 거고."

"이건 나를 위한 게 아니라 우리를 위한 거야."

"우리를 위한 거라고?"

"벌써 잊은 거야? 네가 다리 다친 날 말이야. 그때 너도 동의했잖아."

"난 대답한 적 없어."

장은 데이지가 다리 다친 날 이야기는 하고 싶지 않아 창밖을 보았다. 푸시맨은 보이지 않고 산타 모자를 쓰고 거리를 지나가는 백인들이 보였다. 백인을 볼 때마다 장은 이방인이라는 걸 느꼈다. 한국에도 뿌리내리지 못하고 미국에서도 뿌리내리지 못한 채 떠돌고 있다는 생각이 들었다. 뉴욕에서 불법체류자로 십 년 동안 살면서 한국에서의 일들이 멀게 느껴졌고 그럴수록 돌아갈 수 없다는 생각이 들었다.

"우리에겐 마지막 기회야."

조금 전보다 장은 강하게 말했다.

"그런 영주권 난 필요 없어."

"그럼 평생 불법체류자로 살 거야?"

"차라리 그게 나아. 아니면 한국으로 돌아가."

데이지가 자리에서 벌떡 일어났다. 순간 정강이에 있는 지네가 꿈틀거렸다. 미안한 마음은 사라지고 화가 치밀어 올랐다.

"내가 이러는 게 너 때문인 거 몰라? 나 때문에 다리 다친 것만 생각하면 미치겠단 말이야. 그리고 난 한국으로 돌아가기 싫어."

장은 바닥에 내려놓은 잠옷 가방을 들고 밖으로 나갔다. 데이지의 다리를 볼 때마다 빚을 지고 있다는 생각에 반지 상자를 움켜잡고 32번가로 들어섰다. 그때 사이렌 소리가 났다. 순간 요의가 밀려왔다. 코리안 레스토랑인 아리랑을 지나 도로 쪽을 힐끗힐끗 보며 재빨리 고려서적까지 걸어갔다.

건물 우측의 출입문을 밀고 들어가 장은 복도 끝에 있는 방문을 잡아당겼다. 침대에 잠옷 가방을 던져놓고 화장실로 들어가 바지를 내렸다. 한참을 있어도 오줌이 나오지 않아 지퍼를 올리고 나와 침대에 엎어졌다. 방 안에서도 사이렌 소리가 들렸다. 장은 데이지와 허드슨 강가에 있는 카페에 갔다 존을 만난 날을 떠올렸다.

"그날 마이클을 경찰에 신고한 건 사무엘이야."

버드와이저를 병째 들이키고 나서 존이 말했다.

"정말이야?"

데이지가 놀라서 물었다.

"정말이지. 사무엘은 마이클 결혼을 축하해 주러 간 게 아니었으니까."

그날 마이클은 결혼을 앞두고 장과 존과 사무엘을 집에 초대했다. 결혼에 들떠 마이클은 친구들이 따라주는 술을 마시며 미국 여자 꼬시는 법을 알려줬지만 존은 귀담아 듣지 않았다. 마이클이 술에 취해 침대에 널브러지자 존은 영주권 따겠다고 여자에게 몸을 파는 놈이라고 욕했다. 그러고는 마이클의 다리를 걷어차고 밖으로 나갔다. 존이 떠난 후 술자리는 파장 분위기라서 대충 치우고 나가려는데 경찰관이 마이클의 집으로 걸어오는 게 보였다. 도망치자며 사무엘이 장의 손을 잡아끌었다.

장은 마이클을 두고 갈 수 없어 등에 둘러업었다. 그러나 너무 무거워 앞으로 고꾸라졌다. 급한 마음에 마이클의 벨트를 잡아당겼다. 두두둑, 옷이 찢어지면서 벨트가 빠져나왔다. 벨트를 손에 쥔 채 뒷문으로 나가 사무엘과 반대편으로 달렸다. 이틀 후 마이클은 강제 추방됐다. 얼마 안 있어 사무엘도 강제 추방됐다.

"돈 좀 있니?"

존이 장 앞에 있는 버드와이저마저 가져다 마시고 말했다.

"급하게 쓸 데가 있어."

"지난번에도 50달러 빌려가서 안 갚았잖아?"

"다음 주에 주급 받으면 다 갚을게. 300달러만 빌려줘."

주머니 속에 돈이 있었지만 없다고 하자 존은 인사도 않고 카페 밖으로 나갔다. 데이지는 존을 잡으려고 일어섰다가 다시 앉았다. 장은 돈을 빌려줄걸 하고 후회했지만 밖으로 나가 존을 붙잡지는 않았다. 비를 맞고 허드슨 강을 따라 걸어가는 존을 보며 장은 말했다.

"우린 언제까지 이렇게 불안하게 살아야 할까?"

데이지가 장 앞으로 바짝 의자를 끌어당겼다.

"그럼 같이 살까?"

"같이 산다고 불안감이 사라지나."

"혼자보다는 낫지."

"이런 상태로 둘이 사는 게 더 불안해. 우리가 불안하게 살지 않는 방법은 영주권을 따는 것밖에 없어. 마거릿에게 공을 들이고 있으니 조금만 기다려줘. 영주권 따면 너와 꼭 결혼할게. 응?"

데이지는 대답을 안 했지만 장은 그것을 허락의 뜻으로 받아들였다. 카페를 나와 신문지를 펼쳐 머리에 같이 쓰고 데이지의 집으로 걸어갔다. 중간쯤 갔을 때 신문지가 찢어져 비를 맞으며 갔다. 데이지의 집에 도착하자마자 장은 바닥에 있는 전기포트의 코드를 꽂고 커피 물을 끓였다.

물이 끓고 있을 때 문을 두드리는 소리가 났다. 대학친구인 미셸이 온다고 했다며 데이지가 문을 열어주라고 했다. 데이지가 젖은 머리를 말리는 사이 장은 문을 열어주었다. 문 앞에는 미셸이 아니라 키 큰 남자 두 명이 서 있었다. 앞에 있는 남자가 경찰 신분증을 내밀고는 소셜 넘버(사회보장번호)를 불러달라고 했다. 장은 고개를 돌려 구원을 바라듯 데이지를 바라보았다. 데이지는 멍하니 커피포트만 응시했다.

커피포트의 물이 끓으며 물거품이 부풀어 올라 뚜껑이 토도도톡, 토도도톡, 오르락내리락 소리를 냈다. 도망칠 궁리를 했지만 사방이 막힌 데다 경찰관 한 사람을 제압한다 해도 둘 중 한 사람은 붙잡힐 수밖에 없었다. 여기서 끝이구나, 하고 유효기간이 지난 소셜 넘버를 부르려는데 데이지가 의자를 들어 낡은 창문틀을 내리쳤다. 그러고는 의자를 밟고 올라가 창문 밖으로 뛰어내렸다.

"튀어!"

장은 한국말을 알아듣지 못한 경찰관을 향해 커피포트를 차고 계단을 뛰어 내려갔다. 펄펄 끓던 커피포트의 물이 엎어져 경찰관의 다급한 목소리가 들렸으나 돌아보지 않았다. 한참을 뛰어 가서 데이지와 늘 가던 공원으로 향했다.

공원에는 노숙자 두 명이 우산을 쓰고 술을 마시고 있었다. 장은 반대편 벤치에 앉아 불이 켜진 빌딩들을 바라보았다. 경찰관에게 붙잡힌 데이지는 이제 마이클과 사무엘처럼 강제 추방될 것이었다. 허탈감에 몇 시간째 내리는 비를 바라보는데 데이지가 깁스한 다리를 질질 끌면서 목발을 짚고 걸어오고 있었다.

장은 벤치에서 일어나 데이지 뒤에 경찰관이 있나부터 살폈다. 경찰관은 보이지 않고 우산을 받쳐주고 있는 미셸만 보였다. 데이지는 마침 미셸이 와서 그 차를 타고 도망쳤다고 했다. 미셸은 할 일을 다 한 것 같다며 장에게 우산을 주고 도롯가에 주차해 둔 차를 타고 갔다. 장은 벤치의 물기를 손바닥으로 쓸어내고 데이지를 앉혔다. 데이지는 반듯하게 앉지 못하고 깁스 때문에 다리를 앞으로 쭉 뻗었다. 하얀 석고로 깁스한 다리는 두 배로 커져 코끼리 다리 같았다.

"왜 뛰어내렸어. 죽으려고 환장했어?"

이유 없이 화가 나 말했지만 그 순간 구원을 바라듯 데이지를 쳐다본 게 떠올라 장은 입술을 깨물었다. 데이지는 가족들의 반대에도 불구하고 뉴욕에 대한 환상을 갖고 가방 디자인을 공부하러 뉴욕에 왔다. 환상이 깨진 건 데이지가 대학에서 이

년을 보낸 후였다. 아버지가 보내주는 돈이 끊겨 휴학했으나 끝내 복학하지 못했다.

장은 깁스한 다리에 떨어진 빗물을 손으로 닦아주고 데이지를 부축해 자신의 집으로 데리고 갔다. 집 안에 들어서자 데이지는 깁스한 다리에 벌레가 기어 다니는 것 같다며 손톱으로 긁었다. 장이 깁스한 다리 속으로 젓가락을 집어넣었으나 안쪽까지 들어가지 않았다. 젓가락을 빼내고 통나무처럼 딱딱한 다리를 끌어안으며 영주권을 꼭 따야겠다고 마음을 먹었다. 영주권이 있었다면 데이지가 창밖으로 뛰어내리는 일은 없었을 것이다.

"존이 우릴 경찰에 신고한 것 같아."

장은 공원에서 곰곰이 생각한 말을 꺼냈다.

"설마."

"나도 설마였으면 좋겠어. 근데 존이 올 때마다 경찰관이 들이닥쳤어. 마이클의 집을 갔을 때도 그랬고."

"우연이겠지."

"우연은 아닐 거야. 아무래도 300달러를 빌려주지 않은 게 걸려."

밤이 깊자 장은 깁스한 다리를 끌어안고 잤다. 이 주일 만에 깁스를 풀었을 때 데이지의 정강이에는 손바닥만 한 지네가 붙어 있는 것처럼 꿰맨 자국이 나 있었다. 큰 병원에 가서 치료를 받자고 해도 미국은 의료비가 비싸다며 가지 않았다. 그 후 데이지는 경찰관이 찾아올까 봐 자신의 물건을 내버려 둔 채 31번가에 새 집을 구했다.

사이렌 소리가 그치고 나서 장은 존에게 전화를 걸었다. 이번에도 존은 전화를 받지 않았다. 장은 간밤에 사놓은 햄버거를 먹고 한숨 잔 뒤 오큘러스 플라워에서 장미 꽃다발을 사 들고 마거릿의 집으로 걸어갔다.

신문가판대와 노천카페를 지나 오 분 정도를 걷자 마거릿의 아파트가 나왔다. 아파트 입구에 있는 레드 메이플 나무 위로 샤프펜슬을 거꾸로 세워놓은 듯한 엠파이어 스테이트 빌딩이 보였다. 장은 주머니에 넣은 반지를 만지작거리며 아파트 일층 로비 출입문 앞으로 갔다. 오디션을 보기 위해 대사 연습을 하던 도어맨이 못 본 척 대본에 눈길을 돌렸다. 장이 출입문을 두드리고 나서야 도어맨은 열림 버튼을 눌렀다.

"2903호 갑니다."

도어맨은 들은 척도 않고 다시 대사 연습을 했다. 장은 로비 오른쪽에 있는 엘리베이터로 가서 상향 버튼을 눌렀다. 조금 후 엘리베이터가 내려와 문이 열리면서 마거릿의 옆집에 사는 올리버와 눈이 마주쳤다. 올리버는 꽃다발에 눈길을 주더니 내리면서 장의 팔을 쳤다. 바닥에 떨어진 꽃다발 속에서 장미 꽃송이 하나가 굴러 나왔다. “눈을 어디 두고 다녀.” 실수를 하고도 올리버는 되레 큰소리를 치고 출입문을 나갔다.

장은 떨어진 꽃송이를 주워 줄기에 꽂고 엘리베이터를 탄 후 29층 버튼을 눌렀다. 또 부러진 꽃이 없나 살피면서 29층에서 내렸는데 복도 끝 창문으로 햇볕이 쏟아져 들어왔다. 잠시 늦은 오후의 햇볕을 쬔 다음 꽃다발을 뒤로 숨기고 현관문을 두드렸다. 조금 후 마거릿이 현관문을 열어주었다.

“하이.”

장은 6인용 가죽소파에 앉아 주방에서 커피를 내리는 마거릿의 뒷모습을 바라보았다. 속이 훤히 비치는 홈드레스 속으로 어깨뼈와 두 다리뼈가 엑스레이 필름 속처럼 하얗게 보였다. 홈드레스를 입어선지 백칠십 센티미터가 넘는 키가 더 커 보였다. 머리카락이 하얬지만 뒷모습을 보면 그리 늙어 보이지 않았다. 하지만 커피를 들고 오는 앞모습은 화장을 지워 늙어 보였다. 마거릿은 거실 탁자에 커피를 내려놓고 맞은편 소파에 앉았다. 홈드레스 단추 사이로 늘어진 젖가슴이 보였다. 장은 고개를 돌려 커피를 한 모금 홀짝였다.

“오늘이 폴로 산책하는 날인가?”

마거릿이 커피를 한 모금 마시고 나서 물었다. 장은 고개를 저었다.

"폴로 산책 시켜주는 비용이 적어서 그래?"

"아뇨."

"그럼 뭔데?"

"그, 그게……."

찾아온 이유를 말해야 했지만 말이 쉽게 나오지 않아 장은 반지 상자만 만지작거렸다. 그것도 모르고 마거릿은 고개를 갸웃거리며 장을 바라보았다. 장은 길게 심호흡을 하고 용기를 내어 꽃다발을 떠넘기듯 마거릿에게 안겼다.

"우, 우리, 결혼해요."

얼떨결에 꽃다발을 받은 마거릿의 얼굴에는 아무런 표정이 일지 않아 감정을 읽을 수 없었다. 볼 때마다 하는 생각이지만 마거릿의 얼굴에는 도무지 표정이 없었다. 기쁜 일이 있어도 웃지 않았고 슬픈 일이 있어도 울지 않았다. 기뻐할 때의 표정과 슬퍼할 때의 표정이 크게 다르지 않았다. 초조한 마음으로 답변을 기다렸으나 묵묵부답이라 장은 마음이 다급했다.

"죽을 때까지 옆에 있어줄게요. 마거릿이 외롭지 않게요."

마거릿과의 결혼을 처음 생각한 것은 일 년 전이었다. 그날 밤 마거릿은 침대에서 혼자 죽음의 순간을 맞이할까 봐 두렵다고 했다. 죽어서 한두 달 후 발견되는 건 두렵지 않은데 아무도 없이 혼자 쓸쓸한 죽음을 맞이하는 건 두렵다고 했다. 첫 번째 남편에게서 얻은 아들인 브라이언은 일 년에 한두 번도 오지 않았다. 순간 장은 마거릿을 이용하면 영주권을 딸 수 있겠다는 생각이 들었다.

그날부터 마거릿이 부르면 밤낮없이 찾아가 정성껏 안아주었다. 폴로 산책도 시켰다. 종종 크로넛을 사다 주고 식탁에 마주 앉아 저녁도 같이 먹었다. 무엇보다 마거릿의 마음을 얻으려고 서비스로 십 분씩 더 안아주었다. 그리고 어느 정도 마음을 얻었다고 생각했을 때 결혼 거래를 하기로 결심했다. 불법체류자로 살면서 장은 몸과 마음이 모두 지쳐 있었다.

"죽을 때까지 내 옆에 있어주면 난 데이비드에게 뭘 줘야 하는 거지?"

마거릿은 꽃다발을 탁자에 내려놓고 장의 마음을 떠보듯 가만히 응시했다.

"영주권요."

마거릿의 눈빛이 살짝 흔들렸다. 마거릿은 탁자 바구니에 있는 사탕을 까서 입에 넣고 껍질을 문질렀다. 바스락거리는 소리가 거슬렸다. 거절당할까 봐 장은 반지 상자를 꺼내 뚜껑을 열어 마거릿이 볼 수 있도록 돌려주었다. 마거릿은 반지를 이리저리 살펴본 후 왼손에 끼려다가 오른손 네 번째 손가락에 끼웠다. 왼손에는 게리의 반지가 끼워져 있었다.

마거릿은 그림자처럼 발밑에 붙어 있는 폴로에게 반지를 보여주었다. 폴로가 혀를 내밀어 반지를 핥았다. 마거릿은 반지를 빼서 꽃다발과 함께 장에게 돌려주고 휴대폰 액정 화면에 입맞춤을 했다. 액정 화면에는 마거릿의 두 번째 남편인 게리 사진이 깔려 있었는데 얼핏 보기에 동남아인 같았다.

"내가 데이비드 나이라면 프러포즈를 받아들였을 거야. 하지만 난 나이가 너무 많아. 데이비드는 서른아홉밖에 안 됐는데. 내 나이는 무려……."

"나이가 무슨 상관이에요. 여긴 뉴욕인데. 뭐든 가능한 꿈의 도시 뉴욕인데."

"그래도 나이가……."

불법체류자 생활을 멈추려면 미국 여자와 결혼하는 방법밖에 없는데 젊은 여자들은 한낱 동양인에 불과한 장에게 관심이 없었다. 관심을 보이다가도 불법체류자인 걸 알면 더는 만나주지 않았다. 그래서 여자들을 안아주러 다닐 때 젊은 여자보다 나이 든 여자에게 잘해줬다.

장이 마거릿과 결혼하면 잃는 것은 젊음이었다. 마거릿과 살면 십 년쯤 앞당겨 노인이 될 것 같았지만 어차피 누구나 늙는다고 생각하면 문제가 아니었다. 문제는 성생활이었으나 그것도 포기하고 살면 될 것이다. 포기하는 것만큼 얻는 건 많았다. 영주권은 물론 마거릿이 사는 2500 스퀘어 피트짜리 집도 결국 장의 차지가 될 것이었다.

"아, 졸려."

마거릿이 하품을 하며 손으로 입을 가렸다.

"아직 해도 안 졌는데……."

아무런 소득 없이 갈 수 없어 장은 말을 흐렸다.

"더 할 말 없으면 가줘."

"한 번만 더 생각해 봐요. 이건 마거릿에게도 괜찮은 제안이에요."

"졸립다니까. 폴로 이리 와."

장은 입술을 지그시 깨물고 엠파이어 빌딩을 바라보았다. 지금껏 마거릿이 보여준 호의는 무엇이었을까. 안아달라고 했을 때 분명 마거릿은 장이 좋다고 했다. 좋아한다는 것과 결혼한다는 건 다른 것일까. 그게 한국인과 뉴요커의 차이일까. 어디서부터 마음이 변한 건지 알 수 없어 꽃다발을 만지작거리고 있는데 마거릿이 담배를 꺼내 입에 물었다. 연기가 나면 스프링클러가 작동해 마거릿은 담배를 물고 피우는 시늉만 했다. 뉴욕의 건물은 베란다가 없어 나가 피울 수도 없었다. 장은 폴로의 등을 어루만지는 마거릿을 보고 자리에서 일어섰다.

"정말 죽을 때까지 내 옆에 있어줄 거야?"

마거릿이 폴로를 내려놓고 물었다. 장은 마거릿의 손을 덥석 잡았다.

"결혼만 해준다면 뭐든 다 할 수 있어요. 같이 병원도 가주고, 산책도 시켜주고, 식사도 준비해 주고. 폴로 목욕도 시켜줄 거예요."

"영주권만 얻고 날아버리면 어떡해?"

"전 그런 사람 아니에요. 계약서라도 쓸까요? 원하면 쓸게요."

"그깟 종이 쪼가리를 어떻게 믿어."

"믿고 안 믿고는 마거릿의 마음이지만 믿어서 손해 볼 건 없잖아요. 외롭지 않게 죽을 확률이 많아진다고 생각해 봐요."

마거릿이 입에 문 담배를 재떨이에 버리고 고개를 끄덕끄덕했다.

"음……. 그렇다면 좋아."

고맙습니다, 라는 말이 장의 입에서 튀어나왔다. 너무 기뻐 장은 마거릿을 끌어안았다. 마거릿의 몸에서 나는 퀴퀴한 냄새마저 달달하게 느껴졌다. 결혼만 해준다면 이보다 더한 냄새도 참을 수 있었다.

"정말 괜찮겠어?"

마거릿이 포옹을 풀고 물었다. 그 말의 의미를 몰라 장은 꽃다발을 내려놓고 마거릿을 쳐다보았다.

"나는 늙었어. 고혈압도 있고 뇌졸중으로 쓰러진 적도 있고. 나중에 나 때문에 힘들어질 수 있어. 도망치지 않고 약속 지킬 거야?"

"그럼요. 맹세할게요."

장은 마거릿의 왼손에서 게리의 반지를 빼내고 사 온 반지를 끼워주었다. 마거릿이 반지에 입맞춤을 하는데 데이지에게 전화가 왔다. 통화 종료버튼을 누른 뒤 무음으로 해놓고 주머니에 넣었다.

"결혼식은 다음 주 일요일에 하자."

"그렇게 빨리요?"

"한 살이라도 젊었을 때 해야지. 올해가 가기 전에. 다음 주가 크리스마스는데. 내가 게리와 결혼식을 한 성당에서 하면 돼."

"요 앞에 있는 성당 말예요?"

"맞아. 세례자 요한 성당. 올해 그곳에 나를 성당에 다니도록 인도한 신부님이 부임했거든. 그 신부님에게 부탁하면 빨리 결혼식을 올릴 수 있어."

"저도 가끔 그 성당에 가서 앉아 있곤 해요. 성당에 있는 순간만큼은 불법체류자라는 걸 잊거든요."

"성당에 다니는 거야?"

"한국에 살 땐 다녔지만 지금은 아니에요."

"나도 게리가 죽은 후 성당에 가지 않았어. 암튼 일주일 동안 이 집에서 나와 살면서 결혼식을 준비하면 되겠네."

잘못 들었나 싶어 장은 이 집에서요, 하고 되물었다.

"어차피 결혼하면 같이 살 건데 일주일 빨리 살면 좋지. 내가 데이비드의 집으로 들어갈 순 없잖아."

마거릿은 꽃다발을 감싼 포장지를 벗겼다. 아까 줄기에 끼워 둔 꽃이 떨어졌다. 마거릿은 떨어진 꽃을 줄기에 끼워 화병에 꽂았다.

장은 탁자에 있는 바구니에서 사탕 한 주먹을 집어 주머니에 넣었다. 뼈다귀 인형을 물어뜯고 있던 폴로가 이를 드러내고 으르렁거렸다. 폴로의 머리통을 쥐어박고 짐을 챙겨 오겠다고 하자 마거릿이 일층 출입문과 현관 비밀번호를 알려주었다. 장은 서른아홉에 뉴욕에서 인생이 바뀌는 걸 느끼며 현관문을 열고 나가 엘리베이터를 탔다. 이 기쁜 소식을 킴에게 전해주고 싶었다.

엘리베이터에서 나와 장은 두 손을 높이 쳐들고 환호성을 질렀다. 도어맨이 쳐다봤으나 무시하고 출입문을 나가 뉴욕, 뉴

욕, 뉴욕, 하면서 레드 메이플 나무를 잡고 돌았다. 날아갈 듯 몸이 가벼워 한 바퀴 더 돌았다. 지금껏 살아온 불법체류자의 삶이 여기서 종지부를 찍는 기분이었다. 물론 마거릿과 살 생각에 갑갑한 면도 있었지만 일이 성사됐다는 기쁨을 뛰어넘지는 못했다.

장은 목에 끼고 다니는 귀마개를 빼서 하늘 높이 던졌다. 아파트 이층 높이까지 올라갔다 떨어지는 귀마개를 받아 손목에 끼고 빙글빙글 돌리면서 노천카페를 지나갔다. 너무 기분이 좋고 가슴이 벅차 발걸음이 빨라졌다. 하늘로 날아오를 듯 두 팔을 양쪽으로 쫙 펼쳐 뛰어갔다. 이대로라면 날아갈 수도 있을 것 같았다. 늘 어둡고 칙칙한 길이 비로소 환하게 보여 이 거리의 주인이 된 듯한 기분이었다.

오큘러스 플라워 앞에서 장은 펼쳤던 팔을 내리고 걸음을 멈췄다. 감사의 말을 하고 싶었으나 여자는 졸고 있었다. 누구라도 붙잡고 자랑하고 싶어 문을 열고 고개를 불쑥 집어넣었다. "프러포즈 성공했어요. 성공했다고요." 여자가 깜짝 놀라 눈을 떴다. 장은 문을 닫고 고려서적까지 뛰어갔다.

고려서적 앞에 닿았을 때 사이렌 소리가 났다. 조금 전의 흥분이 사라지고 또 요의가 밀려왔다. 하루에도 몇 번씩 사이렌 소리가 났지만 십 년을 살아도 적응이 되지 않았다. 그러나 고려서적 앞에 있는 한인 남자는 사이렌 소리에 신경 쓰지 않고 비둘기에게 빵 조각을 던져주었다. 한인 남자를 피하다 귀마개를 놓쳤으나 앞쪽에서 경찰차가 오고 있어 줍지 않았다. 그런데 백인 경찰관이 차에서 내려 귀마개를 줍고는 장을 불렀다. 땡큐, 하고 귀마개를 낚아채고는 킴을 만나러 가지 않고 집으로 갔다.

방문을 열자 실내는 검은 물이 고인 것처럼 어둠이 가득 들어차 있었다. 귀마개를 내팽개치고 침대에 엎어져 사이렌 소리가 그치기를 기다렸다. 사이렌 소리는 오 분이 지나도 그치지 않았다. 도로에서 앞차를 추월하다 접촉사고를 냈거나 마주 오는 차가 지나가는 행인을 쳤을 수도 있었다. 한인마트에서 물건 값 때문에 싸움이 벌어진 것인지 몰랐다. 어제는 한 남자가 대낮에 도로변에 세워둔 차의 뒷바퀴를 빼 가는 사건도 있었다.

사이렌 소리가 그쳤을 때 장은 침대에서 일어나 스위치를 올렸다. 방 안에 고여 있던 어둠이 밀려나면서 벽에 붙여놓은 낡은 침대가 눈에 들어왔다. 침대 구석에는 여름에 사용한 선풍기가 목이 부러진 채 처박혀 있었다. 벽에는 자주 쓰는 영어 문장과 헷갈리는 영어 문장을 쓴 포스트잇이 다닥다닥 붙어 있었다. 바닥에 떨어진 포스트잇을 집어 벽에 붙이는데 휴대폰으로 쪽지가 왔다. 안아달라는 쪽지였다. 여자는 스너글러 앱에 올라온 사진을 보고 마음에 들었다며 키가 얼마냐고 물었다.

"178."

"몸무게는요?"

"74."

"눈동자 색깔은 검은 거 맞죠?"

"네. 아주 검어요."

프로필에 사진과 함께 키와 몸무게를 적어 놓았는데도 여자들은 언제나 몇 번씩 물었다. 여자들이 물을 때마다 키와 몸무게를 달리해서 보냈다. 어차피 삼사 센티미터 키를 크게 하고 몸무게를 늘려도 알지 못했다.

여자는 장을 중국인으로 보았다. 한국인이라고 하려다가 말이 길어질 것 같아 하지 않았다. 장이 영국인과 프랑스인과 미국인을 구별하지 못하는 것처럼 백인들은 한국인과 중국인과 일본인을 구별하지 못했다. 위로 올라간 눈꼬리와 각이 진 턱 때문에 여자들은 장을 중국인으로 보는 경우가 많았다.

쪽지를 주고받을 때면 여자들은 아주 사적인 것도 서슴없이 물었다. 가슴에 털이 많이 났느냐, 배가 많이 나왔느냐, 근육질이냐, 허벅지가 두껍냐 등등. 만나서 섹스를 할 게 아닌데 성기의 크기까지 묻는 여자도 있었다. 동양인을 좋아하는 여자보다 동양인을 좋아하지 않는 여자가 많았다. 여자들은 성적 취향을 찾듯 이것저것 물었다. 묻는 말에 꼬박꼬박 답변을 하면 자신의 취향이 아니라며 거절하는 여자도 있었고 동양인에게 호기심을 보이다 막판에 백인을 고르는 여자도 있었다.

십여 번 넘게 쪽지를 주고받고 난 후에야 여자는 집주소를 보냈다. 여자의 집은 센트럴파크 근처였다. 조금 전의 흥분이 사라질 것 같아 일을 나가고 싶지 않았으나 20달러를 더 준다는 말에 베개를 접어 잠옷 가방에 넣고 여자의 집으로 갔다.

여자는 맨션에 살았는데 거실 정면으로 센트럴파크가 보였다. 근사한 풍경에 압도되어 창문가로 다가가 센트럴파크를 내려다보았다. 뉴욕에서도 가장 상류층에 속하는 이곳에 살려면 얼마나 많은 여자를 안아줘야 하나 하고 한숨을 쉬는데 여자가 침실은 반대편이라고 했다. 파란색 실크 잠옷을 입고 있는 여자는 매력적이었다. 어깨 아래로 흘러내린 머리카락은 금발이었다.

침실로 가기 전 장은 잠옷으로 갈아입기 위해 가방을 들고 욕실로 들어갔다. 변기에 가방을 올려놓고 롱패딩을 벗은 후 청바지도 벗어 가방에 넣고 잠옷을 입었다. 욕실에서 옷을 갈아입는 시간이 불편했지만 그렇다고 거실이나 다른 방에서 할 수도 없었다. 장은 잠옷 가방을 들고 나와 여자를 따라갔다. 실내 중앙에 자리 잡은 더블침대가 눈에 들어왔다. 침대 뒤로는 여자가 뿔테 안경을 쓴 남자와 찍은 사진이 놓여 있었다. 슬그머니 여자가 액자를 덮었다. 장은 침대에 있던 베개를 내려놓고 그 자리에 갖고 온 베개를 놓은 다음 여자와 같이 이불을 젖히고 들어갔다.

"어떻게 안아주는 걸 좋아해요?"

"사람의 온기를 느끼고 싶어 당신을 불렀어요. 남편은 출장 중이고 아이들은 다 커버려 방학 때도 오지 않아서요. 이제 난 혼자 개처럼 집만 지키는 신세가 된 거죠."

"친구를 만나면 되잖아요?"

"친구를 만나면 싸울 일밖에 없어요. 있는 자리에선 즐겁게 떠들지만 헤어지고 나면 욕만 하죠. 뉴욕에서 외로운 게 말이 되냐고. 문만 열고 나가면 각국의 남자들이 지천인데 뭐가 외롭냐고."

여자가 약속한 한 시간 중 십 분이 흘러갔다. 그러나 장은 여자를 안고 있는 것보다 이야기를 들어주는 게 편했다. 이런 여자만 있다면 이 일도 어렵지 않았다. 그런데 갑자기 여자가 장의 가슴에 얼굴을 파묻었다. 더운 입김이 잠옷 속으로 배어든 데다 유난히 큰 가슴이 밀착되어 숨이 막혔다.

여자는 점점 더 장의 품속으로 파고들더니 잠옷 속으로 손을 밀어 넣어 살갗을 더듬었다. 장이 가만히 있자 몸을 만져도 된다는 동의의 표시로 안 모양이었다. 큼큼, 헛기침을 하자 여자가 손을 빼냈다. 장은 여자의 목 아래로 팔을 넣어 감쌌다. 그러자 여자의 머리카락이 얼굴에 닿아 간지러워 살짝 몸을 뺐다. 그때 여자가 장의 잠옷 바지 속으로 손을 밀어 넣었다. 차분하게 여자의 손을 빼냈다.

이 일을 하다보면 덥석덥석 손을 잡는 건 기본이고 얼굴을 만지는 여자도 있었다. 턱을 만지는 여자도 있었고 머리카락을 쓸어 만지는 여자도 있었다. 그리 높지 않은 코를 만지기도 했다. 몸에는 손을 대지 말라 해도 듣지 않았다. 장은 더는 여자의 손이 잠옷 바지 속으로 들어오지 못 하도록 남편 이야기를 꺼냈다.

"독일 출장 중인 남편이 올 리는 없어요."

안 되겠다 싶어 장은 두 달 전 같이 자던 여자의 남편이 들이닥쳐 주먹으로 얼굴을 맞은 이야기를 했다. 새벽 다섯 시에 남자가 들어와 자신의 침대에 누워 있는 장을 보고 격분한 것이다. 그 말이 효과가 있었는지 여자는 장에게서 조금 몸을 뗐다.

"밤마다 여자들을 안아주러 가나요?"

"일주일에 두세 번요. 한 번도 못하는 때도 허다해요."

"섹스도 해줘요?"

"몸을 팔진 않아요. 난 잠옷을 입은 채 섹스 없이 하룻밤 동안 여자를 안아주는 스너글러라고요. 이 일이 부도덕하지 않은 건 몸을 팔지 않고 정당하게 여자를 안아주기 때문이죠."

"그게 그거 아니에요?"

"아니에요."

여자의 무시하는 듯 한 말투에 장은 화가 났다. 오래전 딱 한 번 돈을 받고 섹스를 한 적이 있었지만 그런 이야기는 하지 않았다.

"물론 그런 사람도 있죠. 하지만 난 그들과 달라요. 따뜻한 체온을 나눠주며 외로운 사람을 위로해 줘요. 사람의 체온만큼 따뜻한 건 없잖아요. 그러니까 나는 잠옷 가방을 메고 여자의 집을 찾아가 겨울밤을 같이 보내주는 산타클로스 같은 존재죠."

"산타클로스요?"

"네. 나는 늘 뉴욕의 밤을 따듯하게 만드니까요."

여자가 어깨를 으쓱하며 웃었다.

"그럴 듯한 논리군요. 암튼 동양인 산타클로스는 처음 보네요. 크리스마스엔 산타클로스 복장을 하고 찾아가면 여자들이 좋아할 것 같아요. 나처럼 외로운 여자들이 뉴욕에 많나요?"

"뉴욕의 겨울은 유난히 춥잖아요. 허드슨 강에서 바람이 불어오고 눈이 휘몰아치는 밤이면 나라도 누군가 그리울 것 같아요. 지금처럼 한 해가 가는 연말이면 더욱 더."

팔이 저려 빼내고 싶었으나 꾹 참고 시간이 가기를 기다렸다. 어서 일을 마치고 돌아가 킴과 기쁨을 나누고 싶은 생각뿐이었다. 여자를 안고 있으면서도 마거릿과의 결혼 생각을 하면 실실 웃음이 나왔다.

마침내 한 시간을 채웠을 때 여자를 안은 팔을 빼내고 일어나 베개를 가방에 접어 넣었다. 여자가 지갑에서 돈을 꺼내는 사이 욕실로 가서 옷을 갈아입고 나왔다. 여자가 나올 때까지 눈에 덮인 센트럴파크를 바라보는데 창문 옆에 있는 가방이 보였다. 윤기가 좌르르 흘러 손잡이를 만진 순간 여자가 나와 얼른 가방을 내려놓았다. 가방이 똑같은 걸 보고 여자는 피식 웃고 돈을 내밀었다. 팁 포함이라며 다음에 부르면 또 와달라고 했다.

"가기 전에 키스 한번 해줄래요? 당신이 해주면 며칠은 견딜 것 같아요."

여자가 입술을 내밀었다. 장은 건성으로 뺨에 입을 맞추고 맨션을 나왔다. 지나가던 노란 택시가 클랙슨을 울려 안 탄다는 신호를 보내고 맨션을 올려다보았다. 너무 높아 여자의 집이 어디쯤인지 가늠할 수 없었다. 장은 잠옷 가방을 빙글빙글 돌리며 킴을 만나러 갔다.

스너글러 일을 하게 된 건 오 년 전이었다. 백인 남자가 여자를 안아주고 하룻밤에 400달러를 번다는 신문 기사를 본 후였다. 400달러면 일주일간 접시를 닦는 돈보다 많았다. 알지도 못하는 여자를 안고 자는 건 불편한 일이었지만 돈을 벌기 위해 휴대폰에 스너글러 앱을 깔고 여권 사진과 프로필을 올렸다. 이름은 데이비드. 나이는 서른두 살. 키는 백칠십팔 센티미터. 몸무게는 칠십사 킬로그램. 거주지는 뉴욕. 동양인. 장은 실제보다 부풀려 프로필을 썼다. 나이는 두 살 적게 했고 키는 삼 센티미터 크게 했고 몸무게는 오 킬로그램을 늘렸다. 그러자 꽤 근사한 동양인 남자가 만들어졌다.

부풀린 프로필을 보면서 여자들에게 쪽지가 오기를 기다렸다. 밤이 깊도록 쪽지는 오지 않았다. 프로필을 더 근사하게 고쳐도 마찬가지였다. 쪽지가 온 것은 며칠 후였다. 꼬인 삶이 풀릴 것 같은 예감이 들었다. 마침내 여자를 안아주고 400달러를 손에 쥔 날 접시 닦는 일을 그만뒀다. 그러나 400달러를 번 날은 한 번으로 그치고 더는 일이 들어오지 않았다.

고민 끝에 안아주는 금액을 절반으로 낮췄다. 시간당 요금도 반으로 낮추자 쪽지가 하나둘 왔다. 고객은 다양했다. 이십 대부터 오륙십 대까지 있었다. 나이만큼 인종도 다양했다. 백인도 있었고 흑인도 있었고 황인도 있었다. 그렇게 장은 뉴욕의 밤거리를 떠돌아다니며 여자들을 안아주었다.

여자를 안아준 밤들을 떠올리면서 장은 32번가로 들어갔다. 관광버스에서 내린 한국 관광객들이 시차에 적응하지 못해 부은 얼굴로 가이드를 따라갔다. 미국 동부와 캐나다를 묶은 9박 11일짜리 패키지 상품 관광객이 뻔했다. 대부분의 뉴욕 상품은 여행 첫째 날 JFK 공항에서 내려 엠파이어 빌딩과 한인타운을 둘러보는 코스였다. 물론 날씨나 요일에 따라 일정을 바꿔 둘째 날 둘러보기도 했다. 한인타운과 엠파이어 빌딩은 한국인들에게는 관광 필수 코스였다.

관광객들이 떠드는 소리에 거리는 활기가 넘쳤다. 이곳이 뉴욕이 아닌 서울의 한 거리처럼 생각되는 순간이었다. 장은 관광객들에게 나는 한국 냄새가 좋아 무작정 따라가다 걸음을 멈췄다.

"빨리 따라오세요. 길 잃으면 어쩌려고요."

맨 뒷줄에 있던 가이드가 장이 일행인 줄 알고 빨리 오라는 손짓을 했다. 장이 손을 내젓자 가이드가 종종 걸음으로 다가왔다.

"미국 동부 캐나다 여행팀 아니세요?"

장은 고개를 저었다. 가이드는 고개를 갸웃거리고 다시 종종 걸음으로 갔다. 장은 가이드가 신경 쓰여 적당한 간격을 두고 걸어갔다. 관광객들은 우르르 아리랑으로 들어갔다.

이 거리에서 한국 관광객이 가장 많이 들르는 곳이 아리랑이었다. 아버지가 이곳에 방을 구한 건 아리랑 때문이었다. 70년대 생긴 이 가게는 32번가에서 가장 오래된 음식점이었다. 아버지는 한국 생각이 날 때마다 이곳에 와서 콩나물국밥을 먹었다.

자세히 보면 이 길은 장이 살았던 서울 여의도와 비슷했다. 6번 출구를 나와 집으로 가는 길에는 콩나물국밥집이 있었는데 그곳을 지날 때면 매번 고춧가루 냄새에 걸음을 멈췄다. 그런데 그 냄새가 이 거리에도 떠다녔다. 아리랑을 중심으로 보면 오른쪽으로는 한인마트와 치즈케이크 팩토리가 있었고 왼쪽으로는 고려서적과 상하이몽과 오큘러스 플라워가 있었다. 그곳에서 조금 더 가면 신문가판대와 노천카페가 있었다.

관광객 서너 명이 아리랑에서 나오는 걸 보고 장은 안으로 들어갔다. 구석 자리에 앉아 킴이 주문을 받으러 올 때까지 콧노래를 흥얼거리며 한국 기사를 검색해 읽었다. 북한산에 폭설이 내렸다는 기사와 한 가수가 공황장애를 겪는다는 기사가 떠 있었다. 갑의 횡포에 대한 기사도 여러 건 있었다. 그 밑에는 한국인 결혼 연령이 점점 늦어진다는 기사가 떠 있었다. 남자는 평균 32.6세에 결혼했고 여자는 30.0세에 결혼했다. 그 기준에 의하면 장은 대략 칠 년이나 결혼이 늦었다.

"왜 이리 혈색이 좋아? 존이라도 찾은 거야?"

킴이 식탁에 물병을 내려놓으며 물었다.

"찾기는……. 아까도 전화했는데 안 받아. 네 전화는 받니?"

"내 전화도 안 받지."

장은 컵에 물을 가득 따라 마셨다. 존만 생각하면 갈증이 심하게 났다.

"존은 어디로 간 걸까? 이제 내 앞에 나타나면 반은 죽여 놓을 거야. 여기도 안 온 지 꽤 됐지?"

"응. 근데 좋은 일 있는 거 맞지? 콧노래를 흥얼거리고."

"마거릿이 오케이 했어."

"진짜? 언제 결혼하는데?"

"다음 주 일요일."

결혼 거래를 하려고 했을 때 장은 이 문제를 킴과 의논했다. 밤에 안아주는 여자 중 한 사람이라는 것밖에 모르면서 킴은 절호의 기회라며 찬성했다. 한국인 아버지와 미국인 어머니에게서 태어난 킴은 장보다 나이가 한 살 아래였다.

킴이 주문을 넣는 사이 장은 결혼식에 초대할 사람을 손가락으로 꼽았다. 킴밖에 초대할 사람이 없었다. 그렇다고 언젠가 일했던 곳의 식당 주인을 초대할 수도 없었고 마트에서 박스를 나를 때 만난 팀장을 초대할 수도 없었다. 육가공 공장에서 일할 때 이름만 알고 지낸 남자들을 초대할 수도 없었다. 일하다 알게 된 사람이지 결혼식에 부를 정도로 가까운 사이는 아니었다. 그러다 이 결혼이 데이지와 하는 게 아니기에 사람들을 초대할 수 없다는 걸 깨달았다.

사실 장은 불법체류자가 되면서 한인을 멀리했다. 한인사회에서 주최하는 모임이나 종교 활동에도 참가한 적이 없었다. 물론 한인의 날 행사에도 나가지 않았다. 한국인이냐고 물으면 중국인이라고 했고 어느 땐 일본인이라고 했다. 32번가를 돌아다니면서 한국말도 하지 않았다. 방세를 절약하려고 했다면 이곳보다 집값이 싼 퀸스나 브루클린으로 가야 했지만 비싼데도 이곳을 떠나지 않는 건 데이지 때문이었다.

조금 후 킴이 특별히 계란 두 개를 넣은 국밥을 내려놓고 앞자리에 앉았다. 장은 국밥에 떠 있는 노른자 두 개를 휘젓고 고춧가루를 한 숟가락 뿌려 떠먹었다. 반절을 먹을 때까지 한국에서 먹었을 때와 같은 맛을 느끼지 못했다.

"마거릿이 너를 사랑하나 봐. 그렇지 않고서야 이렇게 빨리 결혼식을 하자고 해?"

"그런가?"

장은 괜히 어깨에 힘이 들어갔다.

"마거릿은 몇 살이야?"

어떻게 말해야 할까 장은 잠시 망설였다. 사실대로 말하면 킴이 놀랄 게 뻔했다. 하지만 어차피 알게 될 게 뻔해 사실대로 말했다.

"일흔셋이야."

"뭐, 일흔셋?"

장은 태연한 표정으로 어깨를 으쓱했다.

"나이가 중요한 건 아니니까. 서울에서는 일흔셋의 여자와 서른아홉 살의 남자가 결혼한다는 건 생각조차 할 수 없지만 여긴 뉴욕이야. 서울에서 불가능한 일이 뉴욕에서는 가능하다고. 여긴 뉴욕이니까."

"하지만 너무 많잖아. 마흔셋도 아니고 쉰셋도 아니고 일흔셋이라니."

장은 국밥을 떠먹다 킴의 정강이를 찼다.

"저 사람들이 이상하게 보잖아."

"국밥만 먹고 갈 사람들인데 신경 쓰게 뭐야. 한국 할머니야 일흔셋이면 꼿꼿하지만 미국 할머니는 양로원에 가 있을 나이잖아."

킴이 정강이를 쓸어 만지며 구시렁거렸다.

"할머니지만 뉴욕 할머니야. 이곳에서 태어난 오리지널 뉴요커라고."

"오리지널이면 뭐해. 그래도 할머니인걸."

"할머니가 아니라 마거릿이야."

"할머니이든 마거릿이든 너무 늙었어."

"늙은 게 어때서? 늙었으니까 나와 결혼해 주는 게 아니겠어. 그리고 늙었으니까 빨리 죽을 거 아냐. 마거릿이 빨리 죽어야 내가 데이지와 결혼할 거 아니냐고."

장이 딱, 소리 나게 내려놓은 수저가 탁자 위로 튕겨 올랐다가 발밑에 떨어졌다. 킴은 수저를 주워 식탁에 올려놓았다. 그 사이 노란색 등산복을 입은 여자가 장을 힐끗 보고 지나갔다. 장은 계산을 마치고 나와 집으로 걸어갔다. 집 출입문 앞에서 한국 관광객 서너 명이 뉴욕까지 와서 한식을 먹어야 하냐며 투덜댔다. 개중 한 여자가 장에게 손을 번쩍 들었다가 위아래를 훑어보고는 우리 여행팀인 줄 알았네, 하고 말했다.

"저도 아까 우리 여행팀인 줄 알았어요. 한물간 롱패딩을 입고 있는 걸 보고서야 아니구나 했죠."

가이드의 말에 장은 얼굴이 화끈거려 고려서적 문을 열고 들어갔다. 한인 남자가 창가에 앉아 여행 책을 읽고 있었다. 창가를 제외한 벽면에는 책이 분야별로 꽂혀 있었고 한가운데 매대에는 새로 나온 여행 책이 놓여 있었다. 알래스카 여행 책을 보려고 매대로 가다 얇은 코트를 입은 한인 남자의 발을 밟았다. 쏘리, 하고 말했지만 한인 남자는 무심히 쳐다볼 뿐 아무런 대꾸를 하지 않았다. 장은 창가로 가서 가라앉은 기분을 상승시키기 위해 뉴욕, 뉴욕, 뉴욕, 하면서 콧노래를 흥얼거렸다.

2

다음 날 장은 잠옷 가방에 소설책과 세면도구를 넣고 유효기간이 지난 여권을 펴보았다. 여권 첫 장에는 뉴욕에 올 때 찍은 사진이 붙어 있었다. 곱슬곱슬한 머리카락에 하얀 얼굴이었지만 십 년 사이 이마에는 엷게 주름 한 줄이 나 있었다. 피부는 탄력을 잃고 귀 주변에는 새치가 희끗희끗 돋아 있었다.

여권 마지막 장에는 신용카드만 한 크기의 소셜 넘버가 끼워져 있었다. 소셜 넘버는 장이 취업 비자를 받아 미국에 왔을 때 받은 주민등록증 같은 것이었다. 장은 편지봉투에 여권을 넣어 가방 바닥 깊숙이 찔러 넣었다. 불법체류가 발각되어 한국으로 강제 추방되면 자신을 증명할 수 있는 건 여권밖에 없었다. 빠뜨린 게 없나 방 안을 둘러보다 침대에 있는 베개를 발견하고 그것을 집어 잠옷 가방에 넣었다.

장은 잠옷 가방을 둘러메고 집을 나와 크로넛을 사서 마거릿의 집으로 걸어갔다. 레드 메이플 나무 앞에서 하나 남은 담배를 꺼내 피웠으나 초조하진 않았다. 급하면 마거릿의 담배를 꺼내 피우면 될 것이었다. 필터까지 피운 담배를 발로 비벼 끄고 로비 출입문 앞으로 갔다. 도어맨이 장을 보고도 문을 열어주지 않고 대본에 고개를 처박았다. 마거릿이 알려준 비밀번호를 누르고 들어가자 도어맨이 깜짝 놀라 일어났다. 도어맨을 무시하고 엘리베이터를 타고서 마거릿의 집으로 갔다.

"그 낡은 건 왜 가져왔어?"

현관문을 열고 들어가자 마거릿이 잠옷 가방 밖으로 삐져나온 베개를 보고 말했다.

"제 베개를 베고 자야 잠이 잘 와요."

말은 그렇게 했지만 사실은 아버지의 체취가 배인 베개였다. 마거릿의 집은 따뜻했다. 추위를 많이 타는 마거릿은 언제나 히터를 세게 틀었다. 따뜻한 온기가 긴장을 풀어주었다. 장은 소파 옆에 가방을 내려놓았다. 뒤따라온 폴로가 가방에 한쪽 다리를 들고 오줌을 쌌다. 발로 차려다 마거릿 때문에 멈칫하고는 티슈를 뽑아 노란 오줌 방울을 닦고 방향제를 뿌렸다. 폴로 때문에 기분이 상했으나 내색하지 않았다. 되레 굳은 표정이 드러날까 봐 웃었다. 일부러 웃어선지 얼굴 피부가 종이처럼 찢어지는 느낌이었다. 마거릿이 주방을 치우는 사이 장은 롱패딩을 벗어 소파에 놓았다.

집은 현관문을 중심으로 왼쪽이 주방이고 오른쪽이 거실이었다. 거실 양쪽에 방이 있는데 하나는 장의 방보다 두 배는 큰 침실이고 하나는 브라이언이 결혼 전 사용한 방이었다. 마거릿이 앉는 일인용 소파 뒤로는 크리스마스트리와 피아노가 있었다. 젊었을 적 제화점을 했던 마거릿이 구두 사진을 찍어 넣은 액자도 있었다. 탁자에는 켄트 하루프의 소설책이 놓여 있었다.

장의 집과는 비교가 안 될 정도로 넓고 안락했지만 그렇게 넓고 안락한 집이 갑자기 갑갑하게 느껴졌다. 일층에 살 때는 고층으로 올라가 살고 싶었는데 막상 올라오니 내려가고 싶었다. 내려가고 싶은 충동을 누르기 위해 가방에서 잠옷과 소설책과 베개를 꺼내 롱패딩 옆에 놓았다. 물건이 놓이자 그나마 덜 갑갑했다. 장은 크리스마스트리 앞으로 가서 스위치를 켰다. 트리의 반쪽만 불이 들어왔다. 스위치를 껐다 켰다 해도 반대쪽은 불이 들어오지 않았다.

"크로넛 사 왔어요."

장은 주방을 치우고 온 마거릿에게 종이봉투를 들어보였다.

"마거릿이 좋아하는 5번가 가게에서 사 왔어요."

"그렇지 않아도 크로넛이 먹고 싶었는데."

장은 크로넛을 한 조각 떼어 마거릿에게 내밀었다. 위협을 가하는 줄 알고 폴로가 으르렁거렸다. 안 돼, 하고 마거릿이 손을 내젓자 폴로가 소파로 뛰어올라 갔다. 소파에 앉아서도 폴로는 눈알을 굴리며 장을 감시했다. 장은 폴로를 무시하고 마거릿의 입에 크로넛을 넣어주었다.

"게리 같아."

"네?"

"게리도 늘 내게 먼저 크로넛을 먹여줬거든."

게리 이야기에 장은 크로넛을 먹다 목이 막혔다. 죽은 게리가 발목을 잡는 것 같았다. 하지만 장은 게리를 밀어내고 마거릿의 세 번째 남편이 돼야 했다. 두 번째도 아닌 세 번째가 된다는 건 유쾌한 일이 아니었으나 영주권만 딸 수 있다면 네 번째, 다섯 번째 남편도 될 수 있었다.

또 크로넛을 떼어 마거릿의 입에 넣어주는데 초인종이 울렸다. 마거릿은 크로넛을 마저 받아먹고서 현관문을 열어주었다. 요리사 모자를 쓴 남미계 남자가 카트에 음식을 싣고 들어왔다. 메리 크리스마스, 하고 인사를 한 남자는 카트를 밀고 식탁으로 갔다. 남자는 음식 냄새를 맡고 따라오는 폴로에게 개껌을 던져주고 카트에서 음식을 꺼내 식탁에 올려놓았다.

"당신이 만든 음식은 냄새부터 달라."

마거릿이 칠면조구이를 집어 먹었다.

“부인만큼 제 음식을 좋아하는 사람도 없죠. 교수님도 이 음식을 좋아하셨지만.”

남자가 말한 교수님은 게리였다. 마거릿도 게리를 회상하는지 쓸쓸한 표정으로 음식에 대해 설명을 했다.

“이 음식은 게리와 크리스마스이브에 시켜 먹던 거야. 게리가 죽은 후에도 크리스마스이브엔 이 음식을 시켰지. 이걸 먹어야 크리스마스를 보내는 것 같거든.”

마거릿은 식탁에 놓인 음식을 하나씩 가리키며 칠면조구이, 바비큐치킨피자, 안심스테이크, 치킨피카타, 닭가슴살샐러드, 양송이수프, 비프스튜, 치즈파스타, 라자냐연어구이라고 알려주었다. 라자냐연어구이를 보자 장은 데이지가 떠올랐다. 데이지가 가장 좋아하는 게 뉴욕 레스토랑에서 만든 라자냐연어구이였다. 데이지는 늘 뉴욕 레스토랑에서 일하고 싶어 했으나 그곳은 불법체류자를 쓰지 않았다.

“즐거운 크리스마스이브 보내세요, 부인. 이번엔 칠면조구이가 잘 됐어요.”

카트를 정리하고 나서 남자가 말했다.

“셰프님 덕에 매년 크리스마스이브를 외롭지 않게 보내네.”

“저도 좋아서 하는 일인 걸요.”

"내년에도 꼭 와줘요."

마거릿은 음식 값과 팁을 챙겨주었다. 장이 사 온 크로넛도 한 개 종이봉투에 담아주었다. 남자는 장에게 눈인사를 한 뒤 마거릿에게 인사를 하고 나갔다.

남자가 간 후 식탁에 앉자 마거릿이 장의 잔에 주스를 붓고 부딪쳐 왔다. 순간 엠파이어 빌딩 조명이 크리스마스 조명으로 바뀌었다. 첨탑 부분에 빨간 조명이 켜지고 그 아래 양쪽 면으로 파란색 조명이 들어왔다. 가운데 부분에는 빨간 조명이 켜졌다. 크리스마스 조명은 초록과 빨강으로 이뤄져 있었다. 부활절엔 알록달록한 색이고 핼러윈 데이 땐 초록색이었다. 독립기념일 때는 미국 국기의 색깔인 파랑, 빨강, 흰색으로 꾸몄다. 크리스마스 조명은 아래서 볼 때보다 더 아름다웠다.

"전 크리스마스 조명이 가장 좋아요. 초록과 빨간색 조명을 보고 있으면 겨울이 따뜻하게 느껴져요."

"게리도 크리스마스 조명을 좋아했는데. 게리가 죽고 누군가와 크리스마스를 보내는 건 처음이야."

마거릿은 수프를 한 입 먹고 샐러드 맛을 보았다. 장은 수프는 제쳐놓고 포크로 스테이크를 찍었다. 너무 세게 찍어 눌러 육즙이 식탁 끝에 있는 고혈압 약통 쪽으로 흘러갔다. 티슈로 약통에 묻은 육즙을 닦고 스테이크를 먹자 마거릿이 흐뭇한 표정으로 바라보았다.

장은 마거릿의 뺨에 튄 양념을 닦아주고 치킨피카타를 먹었다. 처음 먹는 요리인데 싱거워 레몬즙을 뿌리고 보들보들한 닭살을 집어 마거릿의 입에 넣어주었다. 마거릿은 주는 대로 받아먹었다. 장은 치즈파스타를 마거릿 앞으로 밀어주고 라자냐연어구이 접시를 끌어당겨 허브를 걷어낸 후 살점을 찍어 먹었다.

"전 라자냐연어구이가 좋아요."

"어쩜 식성도 이렇게 닮았을까. 그건 게리가 가장 좋아한 건데. 허브는 왜 안 먹어?"

"화장품을 먹는 것 같아 싫어요."

"게리는 먹었는데……."

마거릿이 장 쪽으로 접시를 바짝 밀어주었다. 진한 허브 냄새에 코를 찡그리는 것도 모르고 마거릿은 푸른 눈동자를 반짝이며 장을 바라보았다. 순간 자신을 죽은 게리로 보는 것 같아 기분이 묘했지만 포크로 허브를 찍어 입에 넣었다.

"맛있지? 이것도 먹어봐."

허브를 먹자 마거릿은 칠면조구이를 내밀었다. 장은 좋아하지 않은 칠면조구이도 먹었다. 칠면조구이가 허브와 씹히면서 화장품 냄새가 나 뱉어내고 싶었으나 참았다. 하지만 속이 니

글거려 화장실에 가서 토했다. 입안을 헹궈내고 다시 식탁에 앉았다.

"허브가 그렇게 싫어?"

마거릿이 물었다.

"먹다 보면 나아지겠죠……. 게리를 많이 사랑했나 봐요?"

"많이 사랑했지. 죽고 나서도 이 집에서 게리의 그림자와 살았으니까."

"게리는 어떤 사람이었는데요?"

"죽음을 두려워하는 남자였어. 원래 하려던 경영학을 포기하고 심리학을 공부한 것도 그 때문이고. 인간의 내면에 갖고 있는 죽음에 대한 두려움을 극복하려고 죽을 때까지 연구를 했지만 근원적인 건 알아내지 못했어. 되레 나이가 들수록 죽음을 두려워했어. 죽는 순간까지 내가 자신의 옆을 떠나지 못하도록 했지. 두렵다고. 게리는 내 품에서 죽었어."

장은 이해할 수 없었지만 이해한다는 뜻으로 고개를 끄덕였다. 죽은 게리를 생각하는지 마거릿의 얼굴은 어두웠다. 그동안 안고 잘 때면 마거릿은 시시콜콜한 이야기나 외롭다는 이야기를 주로 했지 이런 이야기는 처음이었다. 결혼으로 인해 마음을 여는 것 같아 장은 기분이 좋았다.

"난 게리가 죽고 난 후 폴로를 키우며 살았어. 외로우면 폴로를 안고 잤고."

장이 마거릿을 만나게 된 건 스너글링이 아니라 폴로 때문이었다. 독 워킹 서비스맨을 구하는 광고를 보고 마거릿의 집을 찾아간 것이다. 바쁜 뉴요커를 대신해 애완견을 산책시켜 주는 사람이 독 워킹 서비스맨이었다.

사실 뉴요커들은 자신들이 필요한 것을 그때그때 만들어냈고 필요에 따라 이용을 했다. 자신이 원하는 것을 아는 게 뉴요커였고 자신이 원하는 것을 하는 게 뉴요커였다. 지금은 개를 산책시켜 주는 독 워킹 서비스맨이 있고 여자를 안아주는 스너글러가 있지만 조금 지나면 이보다 더한 직업이 생길 수 있었다. 사람의 몸을 안아주는 직업이 아닌 사람의 마음까지 안아주는 직업이 생겨날 수 있는 곳이 뉴욕이었다. 심지어 개까지 안아주는 스너글러가 등장할 수 있는 곳이 뉴욕이었다.

마거릿은 별다른 주의사항은 내걸지 않고 폴로를 한 시간 동안 산책시켜 달라고 했다. 장은 여자를 안아주는 것만큼 정성을 들여 폴로를 산책시켰다. 한 시간 동안 여자를 안고 자는 것보다 한 시간 동안 개를 산책시키는 게 훨씬 수월했다. 산책을 시키고 나면 목욕을 시키고 헤어드라이어로 털을 말려주었다. 그러고 나서 언젠가부터 마거릿은 폴로 산책을 자주 시키겠다면서 일주일에 한 번씩 더 불렀다.

그러던 어느 날이었다. 평상시처럼 폴로를 산책시키고 들어갔는데 마거릿이 베이글을 구웠다며 장을 잡았다. 거절하지 못하고 식탁에 앉아 검게 탄 베이글을 먹었다. 베이글을 먹고 일어났을 때 마거릿이 "잠 안 오는데 나 좀 안아줄래?" 하고 말했다. 무슨 말인가 싶어 빤히 쳐다보자 마거릿이 스너글러 앱을 켜서 장의 사진을 내밀었다. 당황해 잠옷을 갖고 오지 않았다고 말하자 마거릿이 옷장에서 남자 잠옷을 꺼내주었다. "한 시간에 40달러예요. 하룻밤에 200달러고요." 마거릿은 즉석에서 200달러를 내밀었다. 200달러를 받고 장은 밤새 마거릿을 안아주었다.

"환상적인 야경이네요."

장은 닭가슴살과 아보카도를 먹으며 엠파이어 빌딩을 바라보았다. 엠파이어 빌딩 아래로 불이 켜진 건물들이 가로수처럼 펼쳐져 있었는데 그 모습이 반듯하게 세워놓은 노란 옥수수 같았다. 어둠이 짙어지면서 창문의 불빛은 더욱 노래졌다. 노란 불빛들로 인해 엠파이어 빌딩은 더욱 높아 보였다. 일층에서는 결코 볼 수 없는 풍경에 장은 탄성을 질렀다.

"난 이곳에서 태어나 학교를 다니고 직장을 다니고 결혼까지 해서 그런지 야경이 그저 그래. 그래서 게리가 은퇴한 후 샌프란시스코에 가서 살려고 했지. 하지만 막상 가려니까 엄두가 안

났어. 돌이켜 보면 안 가길 잘했어. 데이비드를 만났으니까."

장이 뉴욕에서 가장 좋아하는 게 엠파이어 빌딩이었다. 102층짜리 엠파이어 빌딩을 보고 있으면 세계의 중심에 와 있다는 생각이 들었다. 하지만 불법체류자가 되면서 엠파이어 빌딩이 더는 아름답게 보이지 않았다. 여자를 안아주러 갈 때도 이 빌딩을 기준으로 방향을 잡았으나 전과 달리 그저 복잡한 뉴욕 거리에서 길을 잃지 않게 해주는 랜드마크로 변한 것이다. 그러자 뉴요커도 더 이상 멋지게 보이지 않았다.

보이는 곳뿐만 아니라 보이지 않는 곳에서 뉴요커는 은근하게 동양인을 차별했다. 버거킹에서 햄버거를 주문할 때도 눈을 마주치지 않고 말을 했다. 무슨 말인지 못 알아듣는 척 뭐라고요, 뭐라고요 하면서 무시하듯 연달아 질문할 때도 많았다. 그들의 눈빛에는 타인에 대한 호의는 없었다. 세상에서 제일 바쁜 사람처럼 거리를 활보하다 상대의 팔을 쳐도 미안하다는 말 한마디 없이 지나갔다. 어느 땐 인종차별까지 당하면서 왜 뉴욕에 살아야 하나 싶었다. 하지만 노천카페에 앉아 여유를 즐기며 커피를 마시는 뉴요커를 보면 또다시 뉴욕이 좋아졌다. 그들에게서는 한국에서 결코 보지 못한 여유가 있었다.

"한국 음식은 뭘 좋아해?"

칠면조구이를 먹으며 마거릿이 물었다.

"콩나물국밥요."

"그건 게리와 우연히 먹은 적 있어. 난 맛이 별로여서 한 번 먹고 다신 먹지 않았지. 왜 데이비드는 그걸 좋아하는데?"

"아버지와 자주 먹던 음식이에요."

토악질로 식욕을 잃은 장은 피자 조각을 폴로에게 던져주었다. 마거릿은 사람이 먹는 건 소화시키지 못한다며 빼앗고 사료를 줬다. 피자 맛을 본 폴로는 콩알만 한 사료를 혓바닥으로 훑다 뱉어내고 장의 주변을 맴돌았다.

"음식이란 누구와 먹었는지가 오래도록 기억에 남지. 나도 어느 땐 게리의 얼굴보단 같이 먹은 음식이 생각나. 이럴 줄 알았으면 게리가 좋아하는 걸 더 만들어줬을 텐데. 게리는 중국인이야."

"중국인이라고요? 동남아 쪽인 줄 알았는데 의외네요."

"게리는 서양 사람처럼 보이고 싶어서 늘 머리를 갈색으로 물들이고 다녔지. 데이비드도 갈색으로 물들이면 어울리겠어."

"염색은 한 번도 해보지 않았어요."

마거릿은 아쉬운 표정을 하고 다시 게리 이야기를 꺼냈다.

"게리는 베이징에서 왔어. 그의 중국 이름은 런지웨이. 데이비드의 한국 이름은 뭐야?"

"하도 불려본 지가 오래돼서……. 이곳에서는 한국 이름을 사용할 일이 없으니까요."

"그래도 어떤 이름을 가졌는지 궁금해."

"제 한국 이름은 장인수예요."

"짱, 인, 스."

"그게 아니에요. 부드럽게 발음해 봐요, 장."

"창."

"아니요. 장이에요, 장."

"오케이. 장……. 인……. 쑤……."

아버지는 뉴욕에서 살려면 미국 이름을 가져야 한다면서 데이비드란 이름을 지어줬다. 장은 데이비드란 이름이 싫었다. 데이비드라고 불릴 때마다 장인수가 아닌 낯선 남자가 된 것 같았다. 마치 데이비드란 이름이 자신의 과거를 지워내는 것 같아 아버지가 부르면 대답하지 않았다. 지금은 거꾸로 장인수란 이름이 어색했다. 스너글러 일을 하면서부터 장은 데이비드란 이름을 썼다.

"이것도 좀 드세요."

장은 또 다른 접시를 마거릿에게 밀어주었다. 마거릿은 쉬지 않고 야금야금 칠면조구이를 먹었다. 그 많던 음식들이 반 이상 비워졌다. 늙어 쪼그라든 몸에 그렇게 많은 음식이 들어가는 게 놀라웠다. 장이 남은 음식을 랩으로 싸서 냉장고에 넣고 설거지를 하는 사이 마거릿은 소파로 가서 앉았다. 커피머신에서 커피를 뽑아 마거릿에게 가져다주고 장은 맞은편에 앉았다.

서로 마주 앉아 있는 게 어색해 장은 커피를 홀짝였다. 폴로는 거실 바닥에 떨어진 화장지를 물어뜯다 마거릿의 무릎 위로 뛰어올랐다. 그러더니 앞발을 세우고 일어나 마거릿의 입술에 들러붙은 면발을 핥았다. 폴로가 핥는데도 마거릿은 밀어내지 않았다. 마거릿은 쪽쪽쪽 소리 나게 입을 맞춘 후 폴로를 내려놓고 담배를 꺼내 라이터불을 켰다. 안 돼요, 하고 잡다 담배가 부러졌다. 깜빡했다며 마거릿이 머리를 긁적였다.

부러진 담배를 집어 장은 냄새를 맡았다. 긴장이 풀리면서 마거릿과 결혼하기로 한 걸 잘했다는 생각이 들었다. 이제껏 살아오면서 결정한 일 중에서 이번이 가장 잘한 것이었다. 엠파이어 빌딩을 보며 맛있는 음식을 먹고 나자 갑갑한 마음은 사라지고 오래전부터 안락함을 느끼며 산 것 같았다. 이곳이라면 경찰관과 마주칠 일도 없었고 주위를 힐끗힐끗 쳐다보며 걸어 다닐 필요도 없었다. 여자를 안아주기 위해 뉴욕 시내를 헤매고 다닐 필요도 없었다. 따뜻한 실내에서 결혼식 날만 기다리면 됐다. 장은 재떨이에 담배를 버린 후 담요를 꺼내 꾸벅꾸벅 조는 마거릿에게 덮어주었다. 위협을 가하는 줄 알고 폴로가 으르렁거려 마거릿이 깼다.

"늙으면 잠이 없어진다는데 나는 잠이 늘어."

"이제 들어가 자요."

"오늘밤은 그럴 수 없지. 첫날밤인데……."

"네?"

"스너글러가 아닌 내 남자로 말이야. 근데 데이비드도 결혼하고 싶은 여자가 있었을 텐데?"

"없어요. 누가 불법체류자를 좋아하겠어요."

마거릿은 약통에서 고혈압 약을 한 알 꺼내 먹고 침실과 주방 사이에 있는 욕실로 들어갔다. 뒤따라간 폴로가 수문장처럼 욕실 문 앞에 엎드렸다. 조금 뒤 마거릿이 욕실 문을 열어 치약 묻힌 칫솔을 내놓고는 폴로 이빨을 닦아주라고 했다.

장은 폴로를 품에 안은 채 한 손으로 턱 밑 털을 잡아 고개를 못 돌리게 하고 다른 한 손으로는 입속에 칫솔을 밀어 넣어 위아래로 닦았다. 칫솔질을 하지 않으려고 폴로는 으르렁거리다 치약을 빨아먹었다. 물로 입안을 헹궈줄 필요가 없어 대충대충 이빨을 닦아주고 벽에 등을 기댔다. 욕실에서 물이 떨어지는 소리가 커질수록 초조해졌다.

십 분 만에 가운을 걸치고 욕실에서 나온 마거릿이 욕조에 물을 받아놓았다고 했다. 장은 욕실로 들어가 옷을 벗어 한쪽에 놓고 욕조에 손을 넣었다. 너무 뜨거워 찬물을 틀어 온도를 맞추고 욕조에 발을 들여놓았다. 따뜻한 물에 몸을 담가도 초조함은 사라지지 않았다. 첫날밤이라……. 첫날밤이라……. 장은 욕조에 머리를 처박았다. 마거릿과의 첫날밤이 이런 식으로 전개될 줄은 생각지 못했다. 결혼해도 스너글러처럼 안고 자는 것으로 생각했지 섹스를 해야 한다는 생각은 하지 않았다. 어떻게든 이 상황을 모면하고 싶었으나 아무리 생각해도 방법이 없었다.

장은 처박은 머리를 들고 최대한 천천히 목욕을 했다. 샴푸로 머리를 세 번 감고 린스로 네 번을 헹궜다. 수건에 거품을 묻혀 팔과 목을 닦고 턱 밑까지 면도를 꼼꼼히 했다. 귀밑에 난 새치를 일일이 찾아 하나씩 뽑고 욕조에서 나와 가운을 입고 나갔는데 소파에 덩치 큰 젊은 백인 남자가 앉아 있었다. 장은 그 자리에 멈춰 섰다. 눈이 닮아 대번에 마거릿의 아들인 줄 알았다. 온몸의 털이 바짝 서는 기분이었다. 마거릿이 브라이언이라고 소개한 후 장은 수건으로 머리카락을 털고 다가가 손을 내밀었다. 브라이언은 자리에서 일어나지도 않고 손을 쳐냈다.

"결론만 말하면 난 이 결혼 반대야. 거꾸로 생각해서 당신 어머니가 새파란 남자와 결혼한다면 찬성하겠어? 나이 차가……."

기분이 상했지만 장은 잘 보이기 위해 미소를 지었다.

"만나서 반가워. 데이비드 장이야. 잘 부탁해."

브라이언은 반대편으로 다리를 꼬며 나이를 들먹였다. 장은 별다른 표정 없이 어깨를 으쓱했다.

"내 생각엔 나이가 중요한 것 같진 않아. 여긴 뉴욕이잖아. 나이도 필요 없고 국적도 필요 없고 인종도 필요 없는 뉴욕이잖아."

"뉴요커가 더 인종 따지는 걸 모르나 보군."

브라이언은 자리에서 일어나 장을 깔보듯 내려다보았다. 키가 백구십 센티미터쯤 되는 금발의 브라이언은 뱃살이 없고 체격이 좋아 실제 나이보다 젊어 보였다. 윤기가 흐르는 회색 슈트와 파란색 넥타이가 피부와 잘 어울렸다. 핸섬한 백인 남자 앞에서 장은 주눅이 들었다. 브라이언은 뉴저지에서 자동차 딜러로 일했는데 일이 끝나고 왔는지 옆에는 구찌 가방이 놓여 있었다.

"영주권 따려고 이러는 거지?"

브라이언이 여권을 본 게 아닐까 걱정되어 장은 잠옷 가방을 바라보았다. 다행히 가방의 지퍼는 잠겨 있었다. 장이 긴장한 걸 보고 마거릿은 브라이언에게 들어가 쉬라고 했다.

"이야기 안 끝났어요."

"차차 하면 되지. 이제 가족인데."

"누가 가족이에요? 저놈은 오늘 처음 본 동양인 남자에 불과해요. 길을 가다 어디서든 마주치는 동양인 남자. 게리가 죽는 것까지 지켜봤으면서 동양인이 지겹지도 않나요? 저놈이 좋으면 그냥 동거를 하세요."

재산 싸움이 붙었을 때 동거는 법적 효력이 없는 걸 알고 하는 말이었다. 장의 얼굴이 굳어지는 걸 보고 브라이언은 화병을 가리키며 저놈이 가져온 꽃이냐고 물었다. 마거릿은 올리버가 선물한 것이라고 했다.

"어머니가 장미 싫어하는 거 알잖아요?"

"기억력 좋은 올리버도 나이는 어쩔 수 없나 봐. 요즘엔 깜빡깜빡해."

"차라리 올리버와 결혼하세요."

"그만 하렴. 크리스마스이브잖아. 나중에 대화하자."

브라이언은 쾅 소리 나게 문을 닫고 방으로 들어갔다. 마거릿은 데이비드가 꽃을 줬다고 하면 귀찮게 굴 것 같아 올리버 핑계를 댔다면서 폴로를 데리고 침실로 들어갔다. 장은 부랴부랴 잠옷 가방의 지퍼를 열어 여권을 찾았다. 편지봉투 속에 여권과 소설 넘버는 그대로 있었다. 장은 여권과 함께 잠옷과 베개도 가방에 넣고 침실로 들어가 침대 밑에 숨겼다.

"그만 자자."

마거릿이 손을 뻗어 침실 불을 끄고 스탠드를 켰다.

"벌써요?"

"밤이 깊었잖아. 폴로는 내려가서 자."

언제나 마거릿은 10시가 되기 전에 잤다. 장은 집에서 가져온 베개를 가방에서 꺼내 침대에 올려놓았다. 바닥으로 내려간 폴로가 잽싸게 뛰어올라와 베개 위에 엎드렸다. 장이 가방에서 꺼낸 잠옷을 들고 밖으로 나가려는데 마거릿이 이젠 안에서 입으라고 했다. 등을 돌려 가운을 벗은 뒤 장은 잠옷을 입고 이불 속으로 들어갔다.

"미안해. 브라이언 때문에 기분 나빴지?"

마거릿이 말했다.

"브라이언이 저를 깔보는 것 같아요."

"브라이언은 그런 사람 아냐."

"그런 사람이 저놈이라고 불러요?"

"절대 브라이언은 그런 사람 아니라니까."

마거릿이 브라이언 편을 들어 장은 언짢았다. 예상대로 브라이언은 마거릿이 결혼한다는 전화를 하자마자 왔다고 했다. 마거릿이 브라이언의 학창시절 이야기를 하는데 잠옷 가방에서 휴대폰 알림 소리가 울렸다. 침대 아래로 손을 넣어 휴대폰을 꺼내 보자 안아달라는 쪽지였다. 마거릿이 더는 스너글러 일을 하지 말라고 했다.

"저 같은 사람이 뉴욕에서 할 수 있는 게 뭐가 있겠어요. 이 일도 쉽지 않았어요. 밤마다 쪽지를 기다릴 때면 수치스러웠어요. 그러다 안 되겠다 싶어 정당하게 일해 번 돈이라고 생각을 바꿨죠. 여자를 안아주고 번 돈으로 방세를 내고 햄버거를 사 먹고 옷도 사 입는다고 생각하자 수치스러움이 사라졌어요. 암튼 이젠 마거릿만 보고 살게요."

마거릿이 보는 데서 장은 스너글러 앱을 삭제했다. 순간 그간의 일들이 하나둘 떠올랐다. 밤에 여자들을 안아주고 있으면 그녀들은 자신의 이야기를 하곤 했다. 헤어진 남자 이야기도 했고 과거에 상처받은 이야기도 했고 부모에게 학대받은 이야기도 했다. 아직 가보지 못한 동양이나 유럽에 대한 이야기를 하는 여자도 있었다. 여자들은 장이 이야기를 들어주는 것만으로도 위로를 받았다.

"처음엔 나도 스너글러와 잔다는 게 께름칙했어. 생판 모르는 남자의 품에 안겨 잘 수 있을까 생각했지. 그런데 앱에서 데이비드를 본 거야. 얼마나 기뻤던지. 생판 모르는 남자는 아니니까."

장은 마거릿의 입에서 나는 냄새에 고개를 돌렸다. 그것도 모르고 마거릿은 장의 품속으로 파고들었다.

"난 데이비드의 살냄새가 좋아. 머리카락 냄새도. 겨드랑이에서 나는 냄새까지 좋아."

장은 마거릿에게서 슬쩍 몸을 떼며 물었다.

"백인도 많은데 왜 동양인인 저를 택한 거예요? 생판 모르는 사람이 아니라서요?"

"데이비드가 게리를 닮았거든. 체격은 훨씬 작아도 검은 눈동자와 쌍꺼풀이 없는 눈과 코가 똑같아."

"아, 그래서 저를……."

"솔직히 게리를 만나기 전에 동양인은 내 취향이 아니었어. 한데 게리를 보고 반한 거야. 무엇보다 난 데이비드가 안아줬을 때 게리가 안아주는 느낌을 받았어."

장은 마거릿을 처음 안아준 날을 떠올렸다. 그날 밤 장은 마거릿에게 어떻게 안아주는 걸 좋아하느냐고 물었다. 마거릿은 뒤에서 안아달라고 했다. 솔직히 뒤에서 여자를 안는 자세가 좋았다. 뒤에서 안으면 얼굴을 마주보지 않아도 됐다. 그래서 뒤에서 안았는데 어느 순간 마거릿이 자세를 바꿔 장의 가슴에 얼굴을 파묻고 있었다. 나이 든 여자에게서, 혼자 사는 여자에게서 볼 수 있는 외로움이 그날 밤 마거릿에게서 묻어났다.

"나와 하고 싶지 않아?"

반사적으로 장은 마거릿을 밀어냈다.

"아무래도 그건……."

"늙은 여자와 한 적 없지?"

장이 고개를 끄덕이기 전에 마거릿이 한숨을 내쉬었다.

"몸은 늙는데 욕망은 늙지 않나 봐……. 옆에 내 남자가 누워 있으니까 세상을 다 얻은 것 같아. 스너글러로 부를 땐 데이비드가 다른 여자에게 갈까 신경 쓰였는데 이젠 그런 걱정할 필요도 없고."

장은 어서 밤이 지나가기를 바랐다. 단지 몇 시간 같이 있었는데 피곤하고 진이 빠졌다. 마거릿의 깡마른 손이 닿는 순간 꽃게가 날카로운 집게발로 얼굴을 긋고 기어가는 것 같아 장은 몸을 움츠렸다. 더는 마거릿의 손이 다가오지 못하도록 몸을 돌려 스탠드를 껐다.

"불 켜. 난 밝은 게 좋아."

스탠드를 다시 켜자 마거릿이 장을 끌어안았다. 장은 이 순간을 모면하기 위해 게리 이야기를 해달라고 했다.

"또?"

"어떤 사람인지 무척 궁금해요."

마거릿은 십 분 넘게 게리 이야기를 하다 졸음을 참지 못하고 잠들었다. 코를 고는 소리에 장은 안도의 숨을 쉬고 마거릿의 몸을 안았던 팔을 빼냈다. 마거릿이 숨을 내쉴 때마다 구취가 나서 가장자리로 엉덩이를 움직였다. 그사이 폴로가 이불 속으로 머리통을 밀고 들어왔다. 마거릿이 잠들 때까지 꼼짝 못하고 누워 있었지만 잠이 오지 않아 이불을 들추고 거실로 나갔다. 브라이언이 방에서 아내인 메리와 전화로 싸우는 소리가 들렸다.

장은 롱패딩을 걸치고 주방으로 가서 냉장고 문을 열었다. 안에서 쏟아지는 냉장고 불빛에 눈을 찡그리고 라자냐연어구이를 찾아 식탁에 놓았다. 먹은 흔적을 없애기 위해 다른 그릇에 라자냐연어구이를 담아 랩으로 씌운 뒤 비닐봉지에 넣는데 폴로가 문을 긁는 소리가 났다. 마거릿이 깰까 봐 얼른 냉장고에서 칠면조 고기를 꺼내 주고 현관문을 열고 나갔다. 엘리베이터를 타고 로비 출입문을 빠져나가자마자 데이지의 집을 향해 뛰었다. 찬바람이 잠옷 바지 속으로 들어와 롱패딩이 부풀어 올랐다. 장은 롱패딩이 부풀어 오르지 않도록 주머니에 손을 찔러 넣고 음식이 흐트러질까 봐 천천히 걸어갔다.

방문을 세 번 노크하자 머리에 담요를 뒤집어쓴 데이지가 문을 열어주었다. 장은 침대에 엉덩이를 걸치고 앉아 비닐봉지에서 그릇을 꺼내 랩을 떼어냈다. 데이지는 머리에 뒤집어쓴 담요를 벗고 손으로 연어 살점을 집어 먹었다. 장은 창가에 서서 두 손을 맞은편 벽에 대고 푸시 업을 하는 남자를 바라보았다. 푸시맨은 여전히 빨간색 옷을 입고 있었다.

"어디서 사 왔어?"

데이지는 다시 연어 살점을 집어 먹더니 맛이 다르다고 했다.

"뉴욕 레스토랑 것 아니지?"

"마거릿의 집에서 가져왔어."

"그 집에 들어갔단 말이야?"

데이지는 롱패딩 아래로 삐져나온 잠옷 바지를 보고 얼굴을 찡그리고는 화장실로 들어가 라자냐연어구이를 변기에 부었다.

"버리면 어떡해? 마거릿 몰래 가져왔는데."

"그런 걸 나보고 먹으라고?"

"뉴욕 레스토랑보다 세 배는 비싼 거야."

데이지는 화장실 문을 꽝 소리 나게 닫았다. 화장실 문을 두드려도 나오지 않아 장은 소리를 질렀다.

"힘들면 마거릿의 집에 스너글러 일을 하러 갔다고 생각해. 스너글러 할 땐 가만히 있더니 이제 와서 왜 이래. 까놓고 말해서 마거릿을 이용하는 게 뭐 어때. 마거릿도 좋은 일 하고 죽으면 좋은 거 아냐? 내가 영주권 따고 재산도 받아서 다리 치료해 줄게. 네 다리만 보면 미치겠단 말이야. 미치겠다고!"

장은 세차게 문을 닫고 나왔다. 그때 복도 끝에서 빨간색 운동복을 입은 푸시맨이 나왔다. 푸시맨을 힐끗 쳐다보고 장은 계단을 내려가서 32번가로 걸어갔다. 32번가로 걸어갈 때면 늘 아버지가 떠올랐다. 엄마와 이혼한 아버지가 뉴욕에 온 것은 삼십 년간 운영하던 공구 공장이 파산한 후였다. 친구들에게 손을 벌렸지만 도움을 받지 못해 아버지는 세탁소를 하는 친구가 있는 뉴욕으로 간 것이다.

아버지가 떠난 후 장은 중소기업에 원서를 넣었다. 한 군데만 걸리면 공무원 시험을 포기하고 직장생활을 할 작정이었으나 연락은 오지 않았다. 학자금 대출도 갚고 생활비도 마련해야 했기에 인터넷으로 일자리를 찾다 뉴욕 맨해튼에서 한국어 교사를 구한다는 광고를 발견했다. 주 3회 근무. 월급은 삼백. 위치는 맨해튼 5번가.

잠시 고민을 하다 장은 카톡으로 구인광고를 낸 곳에 국제전화를 걸었다. 전화를 받은 남자는 취업 비자를 받고 일할 수 있다며 일단은 선수금 사백만 원을 입금해야 한다고 했다. 통장에 있는 돈을 탈탈 털어 남자가 알려준 계좌로 돈을 입금하고 아버지에게 뉴욕에서 일자리를 구했다고 했다. 그리고 친구들에게 돈을 빌려 티켓을 사서 뉴욕행 비행기를 탔다.

뉴욕행 비행기 안에서 장은 15시간 동안 한숨도 자지 않고 낮과 밤이 변하는 것을 하늘 위에서 지켜보며 JFK 공항에 내렸다. 입국 수속을 마치고 나가자 흑인들과 백인들 사이에 끼어 있던 아버지가 손을 흔들었다.

"웰컴 투 뉴욕."

아버지는 장의 캐리어를 노란 택시 트렁크에 싣고 미숙한 영어로 맨해튼 32번가로 가자고 했다. 세련되지 않은 억양 때문에 운전사가 아버지를 쳐다보았다. 아버지는 운전사 눈치를 보며 그동안 잘 살았냐고 물었다. 장은 한국말을 내뱉다 다시 그것을 영어로 답변하고 차창 밖을 바라보았다. 하늘을 향해 치솟은 빌딩을 보자 뉴욕에 오길 잘했다는 생각이 들었다. 하지만 32번가로 들어가 싱글침대만 한 방을 보고 실망했다.

"뉴욕에 이런 방이 있어?"

장은 캐리어를 둘 곳이 마땅치 않아 방 안을 둘러보았다.

"뉴욕에서는 이런 집을 스튜디오라고 불러."

"무슨 사진관도 아니고 스튜디오가 뭐야."

"뉴요커들은 별거 아닌 것도 별것인 것처럼 만든다니까. 이름 참 근사하지."

집에 들어와서야 아버지는 한국말로 뉴욕 예찬을 늘어놓았다. 장은 캐리어 두 개를 침대 끝에 탑처럼 쌓고 햄버거를 먹은 뒤 바닥에 누웠다. 빛도 들어오지 않는 방에서 시차 때문이 아니라 캐리어가 떨어질까 봐 몇 번씩 깨어났다.

다음 날 아버지가 세탁소 일을 나가자마자 한국어 교사를 구한 곳으로 전화를 걸었지만 통화가 되지 않았다. 뒤늦게 취업 사기라는 걸 깨닫고 한국인이 운영하는 회사에 서류를 넣었으나 받아주는 곳은 없었다. 아버지에게는 말하지 않고 장은 매일 일자리를 찾아다녔다.

아버지는 자정이 되어 들어오면 뉴요커가 자주 쓰는 문장이나 비속어 같은 것을 벽에 붙여놓고 침대에 누워 "웰컴 투 뉴욕."이라고 몇 번을 읊조렸다. 아버지와 둘이 보내는 밤은 무거웠다. 자다 이불이 부스럭거리는 소리에 눈을 뜨면 어둠 속으로 검은 물결 같은 아버지의 등이 보였다. 얼마나 검은지 아버지는 어둠을 끌어안고 자는 것 같았다. 순간 장은 서울에서 뉴욕까지 떠내려와 태평양을 표류하고 있는 것 같았다.

그러던 어느 일요일 새벽 아버지는 빌딩 청소 아르바이트를 나갔다 교통사고를 당했다. 후진하는 대형 트레일러에 깔린 것이다. 차량에 사각지대를 비추는 3달러짜리 보조 사이드미러 하나만 장착돼 있었어도 피할 수 있었던 죽음이었다.

장례식이 끝나고 아버지의 물건을 정리하던 중에 장은 캐리어만 한 상자를 발견했다. 상자 안에는 엠파이어 빌딩 조형물이 가득 들어 있었다. 조형물을 하나 꺼내 보는데 집주인이 와서 아버지를 찾았다. 아버지가 죽었다는 말에 집주인은 애도를 표하고 집 계약 기간이 만료됐다고 했다.

아버지는 부동산 수수료를 내지 않기 위해 집주인이 아닌 임대인과 육 개월만 집 계약을 한 것이다. 집주인에게 며칠만 기다려달라고 사정하고 아버지 친구 세탁소를 찾아갔으나 그런 곳은 없었다. 그동안 아버지는 카트를 끌고 다니며 관광객에게 "웰컴 투 뉴욕, 웰컴 투 뉴욕." 하며 엠파이어 빌딩 조형물을 판 것이다. 장은 다시 일자리를 찾아다녔다. 그 와중에 비자가 만료됐고 불법체류자가 되자 일자리를 구하는 게 더 어려웠다.

결국 방세를 내지 못해 아버지와 살던 집에서 쫓겨났다. 아버지가 남긴 조형물을 카트에 싣고 나와 엠파이어 빌딩 앞을 돌아다니다 버거킹에 들어가 햄버거를 주문했다. 직원이 고개를 갸웃거렸다. 주문을 잘못했나 싶어 천천히 말해도 직원은 고개만 갸웃거렸다. 등에 식은땀이 나서 더욱 주눅 든 목소리로 햄버거, 하고 말하는데 뒤에 서 있던 백인 남자가 앞으로 끼어들더니 비키라고 손짓했다. 비키지 않자 백인 남자는 장을 밀어냈다.

"노랑 원숭이 같으니라고."

장이 주위를 둘러보았으나 노랑 원숭이는 보이지 않았다. 백인 남자가 나간 뒤 더는 안 되겠다 싶어 손가락으로 메뉴판을 가리켰다. 직원은 햄버거를 내던지고 다음 사람 주문을 받았다. 장은 햄버거를 들고 나오다 동양인을 비하하는 말이 노랑 원숭이라는 걸 깨달았다.

햄버거를 먹고 장은 엠파이어 빌딩 앞에서 관광객들에게 조형물을 팔았다. 다섯 개를 팔고 공원에서 밤을 보낸 뒤 다시 엠파이어 빌딩으로 갔다. 막 빌딩 조형물을 팔고 있을 때 사이렌 소리가 났다. 후다닥 카트를 끌고 관광객들 사이로 비집고 들어갔다. 카트에 다리를 치인 사람이 욕하는 소리가 들렸으나 무시하고 골목 안쪽으로 들어갔다. 사이렌 소리가 그쳤을 때 골목에서 나와 공원으로 갔다.

한참 동안 공원 벤치에 앉아 있는데 머리가 허리까지 닿는 여자가 다가왔다. 여자는 발목까지 내려오는 회색 치마와 스웨터를 입고 있었다. 몸은 호리호리했고 얼굴은 갸름했다. 머리카락은 염색을 하지 않은 완전 검정색이었다. 키는 크지 않았다. 여자는 한국말로 한인이 운영하는 노숙자 쉼터를 알려주었다. 칠팔십 년대 뉴욕에 이민 와서 알코올이나 도박에 빠져 가족에게 버림받은 사람들이 모여 재활을 모색하는 곳이었다. 그곳에 가면 하루 세끼는 충족하게 먹을 수 있다고 했지만 장은 그들과 처지가 달랐다. 그들은 이민을 와서 뉴욕에서 살다 영주권을 갖고 노숙자가 됐으나 장은 불법체류자였다.

"당신을 처음 본 건 아리랑이에요."

장은 찬찬히 여자를 바라보았다. 아무리 봐도 모르는 여자였다.

"혼자 콩나물국밥을 먹는 걸 봤죠. 당신 아버지와 걸어가는 것도 봤어요. 날 이상한 눈으로 바라보진 말아요. 스토커 아니에요. 그런데 어느 날부터 당신이 보이지 않았어요. 그러다 당신이 카트를 끌고 엠파이어 빌딩 앞에서 조형물을 파는 걸 보고 신상에 변화가 생긴 걸 알았죠. 그래서 말인데 우리 집에 갈래요? 작년에 이곳에서 노숙하는 한인이 칼에 찔려 죽었어요. 범인은 아직 안 잡혔고."

"왜 나한테 잘해주려는 거죠?"

여자는 긴 머리카락을 하나 잡아당기며 쓴웃음을 지었다.

"국밥집에 오지 않는 사이 불법체류자가 된 거 같아서요. 여긴 안 보인다 싶으면 그런 경우가 많아요. 내 친구들도 그렇게 불법체류자가 됐죠. 난 불법체류자는 아니에요. 하지만 머잖아 불법체류자가 될 거예요. 이게 내가 당신에게 다가온 이유죠."

여자의 이야기를 듣고 장은 그녀가 사는 집으로 따라갔다. 여자의 이름은 데이지였다. 데이지 오. 한국 이름은 오민지. 그 후 장은 데이지가 소개해 준 식당에서 하루에 삼천 개씩 접시를 닦았다. 다른 사람들은 일주일에 300달러를 벌었지만 불법 체류자라 반도 안 되는 주급을 받았다. 그곳에서 킴과 마이클과 사무엘과 존을 만났다. 이곳에서 번 돈으로 장은 아버지와 살았던 집을 다시 구했다.

3

밤새 잠을 설친 장은 아침 여덟 시가 넘어 눈을 떴다. 그런데 눈앞에서 마거릿이 베개로 턱을 괸 채 물끄러미 쳐다보고 있었다. 메리 크리스마스, 하고 인사를 해도 마거릿은 장에게서 눈길을 떼지 않았다. 입을 맞출까 봐 이불을 끌어 올려 코까지 덮고 왜 그렇게 보냐고 물었다.

"자는 모습이 게리 같아."

장은 잠옷 속으로 손을 넣어 부풀어 오른 성기를 눌렀다. 간밤에 장은 어렵게 잠이 들었는데 마거릿이 뒤척거리다 팔꿈치로 가슴을 쳐서 깼다. 그것도 모르고 마거릿은 이불을 들추고 일어나 어기적어기적 침대 끝에 있는 화장실로 들어갔다. 화장실 문을 열어놓은 채 마거릿은 변기에 앉아 오줌을 눴다. 마거릿과 하룻밤을 자고 나서야 늙은 여자와 사는 건 쉽지 않다는 걸 알았다.

"데이비드가 생각한 결혼은 이런 게 아니었지?"

칠십 평생을 살면 상대를 읽는 능력이 생기는지 마거릿은 장의 마음을 쉽게 읽었다. 더는 마음을 읽히고 싶지 않아 이불을 들추고 일어났다.

"아침 먹고 성당 가요. 혼인 미사 시간도 잡아야 한다면서요?"

"혼자 갔다 오면 안 돼?"

"혼자요?"

"난 나가고 싶지 않아."

게리가 죽고 난 후 마거릿이 밖으로 나가지 않고 집에서만 산 걸 장은 그제야 떠올렸다. 마거릿은 휴대폰으로 수프를 주문하고 손을 뒤로 젖혀 등을 긁으려고 했다. 하지만 손이 닿지 않았다.

"좀 긁어줘."

장은 얼굴을 찡그리고는 가만히 있었다.

"폴로한테 긁어달라고 할 수도 없고……. 어서?"

마지못해 마거릿 뒤로 가서 옷 속에 손을 넣어 대충대충 등을 긁었다. 마거릿은 장이 얼굴을 찡그린 것도 모르고 시원하다면서 흡족한 얼굴로 거실로 나갔다. 장은 베개에 묻은 폴로의 털을 떼어내며 마거릿을 데리고 나갈 궁리를 했다. 밖으로 나가는 건 쉽지 않은 일이었으나 그렇다고 집에만 있을 수도 없었다. 어떻게든 나가야 결혼식을 진행시킬 수 있었다. 킴이 준 영화 티켓으로 사랑 영화를 볼까, 아니면 뉴욕의 맛집을 검색해 외식을 할까, 하다 마거릿이 좋아하는 크로넛을 떠올렸다.

마거릿은 크로넛을 뉴욕의 맛이라고 표현했다. 빵처럼 부드럽고 도넛처럼 달콤한 게 크로넛인데 마거릿이 좋아하는 5번가의 가게가 치솟는 임대료를 감당 못해 내일 폐점할 예정이었다. 마거릿은 언제나 그 가게 크로넛을 먹었다. 독 워킹 서비스를 할 때도 그 가게 크로넛을 사다준 것이었다. 장은 크로넛을 핑계로 성당에 가고 웨딩숍도 갈 계획을 세우고 밖으로 나갔다. 그런데 마거릿이 그레이스와 통화 중인데다 브라이언이 식탁에 앉아 있어 말을 꺼내지 못했다.

마거릿 옆에 앉자 브라이언이 장의 컵에 주스를 따라주었다. 땡큐, 하고 컵을 집었다. 컵에서 주스가 흘러넘쳐도 브라이언은 계속 따랐다. 장은 얼른 컵을 가져다 입에 대고 마셨다. 피식 웃는 브라이언을 노려보며 컵을 놓고 베이글에 잼을 발라 입에 넣었다. 고무를 씹는 것처럼 베이글은 질겼다. 베이글을 내려놓고 장은 치킨피카타를 먹었다. 냉장고에 들어갔다 나와선지 간밤의 맛은 나지 않았다. 전화를 끊은 마거릿이 라자냐 연어구이가 보이지 않는다고 했지만 모른 척했다. 마거릿은 입맛이 없다고 하면서 그릇을 하나씩 비워갔다. 포크 소리와 주스를 홀짝이는 소리만 났다.

브라이언이 장 앞에 있는 치킨피카타를 끌어당겨 먹는데 초인종이 울렸다. 마거릿과 브라이언이 꿈쩍을 안 해 장이 현관문을 열어주었다. 현관문 앞에는 새파란 원피스를 입고 머리카락을 빨갛게 물들인 그레이스가 서 있었다. 뒤통수에 헤어롤이 말려 있는 걸 아는지 모르는지 그레이스는 뚱뚱한 몸을 이끌고 마거릿에게 쪼르르 갔다.

"올리버가 프러포즈한 거야?"

"아냐."

"아냐?"

"내 전화 받고 달려온 게 올리버 때문이군?"

"그건 아니고. 근데 올리버가 아니면 누구야?"

마거릿이 대답을 안 하자 그레이스는 브라이언을 쳐다보았다.

"브라이언 왔구나……."

브라이언이 포크로 장을 가리켰다.

"뭐? 새파랗게 젊은 남자가 뭐가 아쉽다고 늙은 여자와 결혼해?"

"그게 수상해요."

브라이언은 냅킨으로 입술을 닦은 뒤 의자에 걸쳐놓은 롱코트를 입고 장 주변을 한 바퀴 돌아 현관으로 갔다. 그레이스가 크리스마스에 출근하냐고 물어도 대꾸를 않고 나갔다. 그레이스는 식탁을 둘러보고 타지 않은 베이글을 집어 먹었다.

"뒤통수에 달고 온 헤어롤이나 떼."

"어머나."

그레이스는 헤어롤을 떼어 주머니에 넣고 장의 어깨를 어루만지며 지나갔다. 진한 향수 냄새가 확 났다.

"나라면 아무리 돈을 많이 준대도 늙은 여자와 결혼하진 않을 텐데. 잠이 안 온다고 부스럭대지, 잠이 깨서도 부스럭대지. 마거릿은 자다가도 서너 번 화장실에 가잖아."

마거릿의 얼굴이 일그러진 걸 모르고 그레이스는 베이글을 먹으며 거침없이 말을 쏟아냈다. 독 워킹 서비스맨으로 왔을 때부터 장은 그레이스를 알았다. 마거릿을 밤새 안아주고 나가다 현관문 앞에서 맞닥뜨린 게 그레이스였다. 올 때마다 자주 부딪쳐 오래전부터 그레이스를 아는 기분이었다.

"젊은 남자가 좋긴 좋나 보구나. 혈색이 달라졌어."

그레이스가 마거릿의 얼굴을 빤히 쳐다보며 물었다. 마거릿은 휴대폰 액정에 얼굴을 비춰보고 미소를 지었다.

"젊은 남자에게서는 죽음의 냄새가 나지 않거든."

장은 자리를 피해 거실로 갔다. 소파에 앉아 휴대폰으로 한국 기사를 검색하다 불법체류자에 관한 기사를 클릭했다. 한국에 불법체류자가 일 년 새 10만 명이 증가했다는 기사였다. 뉴욕에만 불법체류자가 있는 줄 알았는데 이제 한국에도 있다는 게 낯설었다. 다음 걸 클릭하자 미국 불법체류자에 관한 기사가 떴다. 자세히 보니 영주권과 시민권을 동시에 축소한다는 것이었다. 올해만 해도 영주권 발급이 20퍼센트나 줄어든 상태였다. 기사 맨 마지막에는 불법체류자는 재판 없이 즉시 추방해야 한다고 했다. 기사를 읽고 나자 영주권 발급이 더 축소되기 전에 따야 한다는 생각이 강해졌다.

"올리버 같은 남자라면 나도 결혼하고 싶다."

마거릿이 식탁을 치우는 사이 그레이스가 다가와 넋두리를 했다.

"난 키 큰 남자보다 키 작은 남자가 좋아. 내가 안아줄 수 있는 남자. 난 마거릿이 올리버와 결혼하는 줄 알고 얼마나 놀랐는지 몰라. 오죽했으면 헤어롤을 말다 왔겠어. 현관문 비밀번호까지 까먹고."

그레이스가 하루에도 몇 번씩 마거릿의 집에 들락거리는 건 올리버 때문이었다. 오다가다 올리버를 보려고 그레이스는 언제나 화사한 옷을 입고 왔다. 다섯 번이나 결혼한 그레이스는 한 블록 떨어져 혼자 살았는데 마거릿에게 필요한 물건을 사다

주는 일을 도맡아 했다. 주변에서 벌어지는 이야기를 전해주면서 점심도 같이 먹어주었다. 독 워킹 서비스맨을 구하지 못했을 땐 폴로를 산책시켜 주었다. 이 모든 게 올리버를 의식해서였다. 장은 그레이스가 올리버를 좋아하는 걸 알고 한 가지 제안을 했다.

"우리 결혼이 잘 치러지게 도와주세요. 그러면 올리버와 다리를 놓아줄게요."

그레이스가 환호성을 지르며 장을 끌어안았다.

"고마워. 근데 이 나이가 돼도 이해할 수 없는 건 남자 마음이야. 내가 마거릿보다 우아한데 올리버는 왜 그러는지 모르겠어. 데이비드가 보기에 내가 더 우아하지 않아? 그나저나 내가 도와줄 게 있나?"

장은 슬그머니 그레이스를 밀어내면서 지금처럼만 해달라고 했다. 그레이스는 장에게 윙크를 하고 다시 마거릿에게 갔다. 그레이스가 장을 칭찬하는 말을 늘어놓을수록 마거릿의 얼굴이 환해졌다.

"생각 같아서는 죽을 때 무덤까지 데리고 가고 싶다니까. 게리가 죽고 나서 사는 게 좀 지겨웠는데 데이비드가 오고 나서는 아냐."

그레이스가 간 후 마거릿은 소파에 앉아 돋보기안경을 끼고 폴로에게 켄트 하루프의 소설책을 읽어주었다. 책 한 페이지를 다 읽을 때까지 폴로는 귀를 쫑긋 세우고 들었다. 장은 주방으로 가서 커피를 내려 마거릿에게 주고 맞은편 소파에 앉았다. 마거릿이 커피를 한 모금 마셨다.

"폴로는 켄트 하루프의 소설을 좋아해. 그래서 밤마다 이 소설을 폴로에게 읽어줬지. 그러던 어느 날 난 이 소설을 읽다 남자의 품이 그리워 데이비드를 불렀어. 루이스를 찾아가서 밤을 같이 보내자는 소설 속의 애디처럼 말이야. 목요일에 이 책으로 토론할 건데 데이비드도 읽어봐. 켄트 하루프 좋아해?"

"조금요."

"난 켄트 하루프가 좋아. 어쩌면 늙은이의 마음을 이리 잘 아는지. 독서모임 때 이 소설을 읽자고 추천한 게 나야."

마거릿은 책을 덮고 장이 가져온 책을 집어 펴보았다. 한국계 미국 작가인 이창래가 쓴 『네이티브 스피커』였다. 마거릿은 한참 동안 책에서 눈을 떼지 않았다. 소설에 빠져 장이 옆에 있는 것도 잊은 듯했다. 순간 그럴싸하게 보이고 싶어 장은 거짓말을 했다.

"한때 저도 소설을 썼어요."

"그게 정말이야? 난 소설 쓰는 남자가 가장 멋지더라."

마거릿이 돋보기안경을 벗고 호기심 어린 눈으로 쳐다보았다. 그 눈빛은 예전과 달랐다. 스너글러가 아닌, 결혼 거래를 하지 않은, 사랑하는 남자를 바라보는 눈빛이었다. 그 눈빛에 답하듯 말을 이어갔다.

"저는 이 작가처럼 멋진 글을 쓰고 싶어 뉴욕에 왔어요. 이 작가는 세 살 때 가족과 이민을 왔는데 재밌는 건 저와 생일이 같은 7월 29일생이에요. 전 이 책에서 이 부분이 가장 좋아요. '결혼이란 막다른 골목길로 기꺼이 걸어 들어가겠다는 결심일 수밖에 없다. 나도 이제 그 정도는 아는 것 같다. 운명을 시험하지 말고 완전히 무시해 버려라.' 이 구절을 읽고 나서 마거릿에게 프러포즈를 결심했죠."

너무 자연스럽게 거짓말이 흘러나와 장은 흠칫 놀랐다. 자기도 모르게 이창래의 책을 들고 소설에 대한 이야기를 십 분이나 늘어놓았다. 마거릿은 소설 쓰는 남자는 어떤 뇌구조를 갖고 있는지 궁금하다고 했다. 보통 사람과 다른 뇌구조를 갖고 있어 스너글러를 한 것인지 모른다는 말에 비위가 상했지만 내색하지 않았다.

"소설은 몇 편이나 썼어?"

어떻게 대답해야 할지 망설이다 장은 다섯 편쯤 된다고 말했다.

"어떤 소설인지 읽고 싶다. 보여줄 수 있어?"

"나중에요."

"어떤 이야기를 썼는데?"

"뉴욕에 와서 한 일을 소설로 썼어요. 아버지와 뉴욕에서 사는 이야기도 쓰고, 식당에서 그릇을 닦는 이야기도 쓰고, 스너글러 이야기도 썼어요. 그러나 지금은 소설을 쓰지 않아요. 마땅한 소재를 찾기가 힘들어요."

마거릿은 폴로의 등을 쓸어 만지며 생각에 잠겼다. 생각에 잠길 때면 마거릿은 더 늙어 보였다. 이마의 주름살은 물론이고 목에 난 주름도 깊어 보였다. 눈썹 밑으로 내려온 머리카락은 더 하얗게 보였다. 마거릿은 돋보기안경을 집어 안경집에 넣고 커피를 한 모금 마셨다.

"우리 이야기를 쓰면 어때?"

장은 어이가 없어 마거릿을 쳐다보았다.

"우리 이야기를요?"

"이만한 소재가 어딨어?"

마거릿이 소설에 관심을 보일수록 장은 기분이 처졌다. 한가하게 소설 이야기를 하고 있을 게 아니었다. 그러나 마거릿은 집요하게 소설 이야기를 했다. 더는 듣기 싫어 크로닛을 먹으러 가자고 했다.

"데이비드가 우리 이야기를 소설로 쓴다고 하면 나갈게."

이쯤에서 사실대로 말하려 했지만 장은 입이 떨어지지 않았다. 거짓말이라고 하면 실망할 게 뻔했다. 어떻게든 마거릿을 밖으로 데리고 나가기 위해 또 거짓말을 하기로 마음먹었다.

"소설을 쓴다고 하면 정말 나가는 거죠?"

"그렇다니까."

장은 잠시 망설이다 고개를 끄덕였다.

"결혼식 끝나고 써볼게요."

"좋아. 그럼 내가 노트북 선물할게."

마거릿은 즉석에서 휴대폰으로 노트북을 검색했다.

"이거 어때?"

"그럴 필요 없어요."

"내가 사주고 싶어 그래."

마거릿은 장의 의견을 묻지 않고 맥북을 주문했다.

"이젠 나가자. 나간 김에 성당도 가고 웨딩숍도 가자."

마거릿은 침실로 들어가 화장대에 앉아 빨간색 립스틱을 바르고 머리에는 왁스를 발라 넘겼다. 그리고 옷장에서 캐시미어 폴라티에 꽃무늬 상의와 바지를 꺼내 입었다. 그 위에 진짜 몽클레어 외투를 입고 진짜 버버리 숄을 걸쳤다. 청바지에 짝퉁 노스페이스 롱패딩을 입고 다니는 장과 달리 마거릿의 옷은 명품이었다. 잠옷을 입고 있을 때보다 마거릿은 생기가 넘치고 조금 젊어 보였다.

"이 구두 신어봐."

마거릿이 현관문 옆에 있는 신발장을 열고 게리의 구두를 하나 꺼냈다. 신발장에는 오십여 켤레가 넘는 게리의 구두가 있었다.

장은 마거릿이 건네준 검은색 구두를 신고 현관 거울에 비춰보았다. 디자인이 올드하고 모양새가 투박했다. 송아지 가죽이 아니라서 구두는 무거웠다. 발로 툭툭 바닥을 치자 굽에서 둔탁한 소리가 났다. 구두가 커서 불편했지만 고맙다고 말하고 나가려는데 폴로가 뒤따라왔다.

"폴로 안 돼."

마거릿의 말에 폴로는 더는 따라오지 않고 소파로 뛰어올라갔다. 장은 마거릿과 현관문을 열고 나갔다. 엘리베이터 앞에 있던 올리버가 마거릿를 보고 다가왔다. 중절모를 쓴 올리버는 키가 작았으나 이목구비가 뚜렷했다. 콧수염은 다듬지 않아 지저분했다. 메리 크리스마스, 하고 올리버가 인사를 했다.

"이게 얼마 만의 외출인가요? 게리가 죽고 첫 외출인 것 같은데 어쩐 일로?"

"크로넛 먹으러 가요."

장이 엘리베이터 버튼을 누르는 사이 올리버가 마거릿 옆에 섰다.

"오늘 폐점한다는 5번가 가게로 가겠네요?"

"오늘이 그 가게 크로넛을 먹을 수 있는 마지막 기회라면서요."

"저 친구랑 가는 거예요?"

올리버의 물음에 마거릿이 고개를 끄덕였다.

"나도 노래교실 쉬고 크로넛 먹으러 가는 중인데 같이 가십시다."

올리버가 등 뒤로 노래교실 악보를 숨겼다. 엘리베이터를 타자 올리버가 장과 마거릿 사이로 끼어들었다. 그로 인해 장은 옆에 있는 백인 남자와 어깨가 맞닿았다. 백인 남자는 먼지라도 묻은 듯 손으로 옷을 털고 한 발짝 옮겨갔다. 22층에서 백인 여자가 탔고 20층에서는 사십 대쯤 되는 백인 남자가 탔다.

엘리베이터는 14층과 5층에서 멈춘 후 일층까지 멈추지 않고 내려갔다. 백인 남자가 내리다 장의 롱패딩에 가방이 걸려 실밥이 뜯어졌다. 뒤통수를 쏘아봐도 남자는 뒤를 돌아보지 않고 갔다. 올리버는 마거릿에게 잠시 기다려달라며 지하주차장으로 내려가 차를 끌고 나왔다. 장은 셋이 가는 게 내키지 않았으나 그레이스와 연결시켜 줄 기회다 싶어 차에 탔다. 차는 아파트를 나와 노천카페 옆에 멈춰 섰다.

"뭘 그렇게 봐?"

마거릿이 물었다.

"전 커피를 마시는 저 풍경이 좋더라고요. 커피를 마시는 뉴요커에게선 어디에서도 볼 수 없는 여유와 느긋함이 묻어나거든요. 옷차림과 얼굴에도 자신감이 넘치고요."

"게리도 처음엔 저런 풍경을 부러워했지."

차는 32번가를 나와 5번가로 들어갔다. 크로닛 가게로 가는 도중 한 무리의 관광객이 횡단보도를 지나갔다. 이곳은 일 년 중 12월이 가장 관광객이 많았다. 12월 한 달간 계속되는 바겐세일은 크리스마스가 지난 26일부터 연말까지 절정이었는데 이날에 맞춰 뉴욕 여행을 오는 것이다. 올리버는 마거릿의 말에 맞장구치면서 장을 없는 사람 취급했다. 두 사람이 유창한 영어로 대화를 할수록 장은 소외감을 느꼈다. 십 년 동안 뉴욕에 살았어도 아직 알아듣지 못하는 단어나 문장이 많았다.

"생각보다 노년의 삶은 쓸쓸해요. 혼자 잠을 자고 혼자 일어나고 혼자 밥을 먹고 혼자 말을 하고. 하루 종일 혼자 있으면 산 게 아니라 죽어 있는 것 같아요. 침대에 누워 있을 땐 죽은 건지 산 건지 모를 때도 있어요. 내가 죽어서 살아있는 사람들의 세상을 돌아다니는 것 같아요. 하지만 이제 난 혼자가 아니에요."

올리버가 룸미러로 마거릿을 쳐다보았다.

"혼자가 아니라니요?"

"독서모임 때 알게 될 거예요. 근데 이번 독서모임에서 토론할 소설책은 다 읽었나요? 그게 누구였지……."

"켄트 하루프요."

"좀 전에 읽었는데도 깜빡했네요."

"늙으면 다 그렇소. 어제가 오늘 같고 오늘이 내일 같고. 크로넛은 오후에 먹고 오 헨리가 살았던 그리니치빌리지에 갈까요. 그곳 좋아하잖소?"

"거기보단 센트럴파크에 가고 싶어요."

올리버는 장의 의견을 묻지 않고 센트럴파크 쪽으로 방향을 틀었다. 차창 밖으로 또 한 무리의 관광객이 지나갔다. 관광객들은 언제나 삼사십 명 단위로 움직여 어디서나 눈에 띄었다. 가이드는 대부분 두 사람이었다. 한 사람은 앞에서 안내를 했고 또 한 사람은 뒤에서 인원을 체크하고 관리했다. 관광객들은 거리 곳곳에 세워진 크리스마스트리 앞에서 휴대폰으로 사진을 찍었다.

"요즘 이 친구가 폴로를 자주 산책시키던데. 지난번엔 꽃다발을 들고 가고……."

"독서모임 때 말하려고 했는데 지금 해야겠네요. 이 사람과 결혼해요."

올리버가 급브레이크를 밟아 마거릿의 상체가 쏠려 앞좌석 헤드레스트에 이마를 부딪쳤다. 장은 갑자기 급브레이크를 밟으면 어떡하냐고 큰소리치고 마거릿의 허리를 끌어안아 일으켜 앉혔다. 올리버는 도로 한가운데 차를 세운 채 어리둥절한 얼굴로 고개를 돌려 마거릿을 바라보았다.

"이 친구와 결혼한다고요? 내가 이 친구보다 못한 게 뭐가 있다고……. 내가 이 친구보다 잘할 수 있단 말이오. 매일 베이글을 구워줄 수 있고 매일 32번가를 산책시켜 줄 수 있고 뉴욕이 아닌 다른 곳으로 가고 싶다면 그곳으로 가서 살 수도 있소. 심지어 알래스카라도."

알래스카란 말에 마거릿은 손을 떨었다.

"알래스카요?"

"말하자면 그렇다는 거요. 내겐 충분히 돈이 있으니까. 근데 내가 결혼하자고 했을 때 평생 혼자 산다고 했잖소?"

"생각이 바뀌었어요. 밤에 누워 있으면 내가 죽어 있는 것만 같았어요. 그럴 때면 살아있다는 게 너무 외로웠어요. 세상에 나 혼자 있는 것 같아서……. 유령이 되어가는 것만 같아서……."

뒤에서 차들이 빵, 하고 경적을 울리고 나서야 올리버는 운전대를 주먹으로 치고 차를 출발시켰다. 센트럴파크에 도착할 때까지 올리버는 운전대를 쳤고 마거릿은 불거진 이마를 어루만졌다. 올리버는 센트럴파크 출입구에 있는 공중전화 부스 옆에 차를 세웠으나 주차할 곳이 없어 두 번이나 주변을 돈 끝에 빈 곳을 찾았다. 장이 마거릿과 차에서 내리자 올리버가 따라 나왔다. 올리버가 충격을 받아 그레이스 이야기는 꺼낼 수 없었다.

올리버와 셋이 가는 게 불편해 장은 마거릿과 먼저 산책로를 걸어갔다. 얼마 못 가 구두가 벗겨졌다. 주머니에서 화장지를 꺼내 구두 뒤축에 끼우고 마거릿이 미끄러질까 봐 팔짱을 꼈다. 그런데 구두가 또 벗겨졌다. 더는 구두가 벗겨지지 않도록 끈을 조이고 일어났을 때 뒤따라오던 올리버가 눈길에 미끄러졌다. 올리버를 일으켜 세워주고 떨어진 중절모를 건넸다. 올리버는 거칠게 중절모를 낚아채 머리에 썼다. 중절모는 군데군데 올이 나가 있었고 색이 바래있었다. 중절모에 묻은 눈을 털어주고 마거릿에게 가서 팔짱을 꼈다. 미끄러지지 않으려고 마거릿이 팔을 짓눌러 몸이 땅속으로 가라앉는 기분이었다.

장은 마거릿과 걸어가는 게 힘이 들었다. 데이지와 걸을 때와 달리 보폭이 맞지 않았고 어느 방향으로 가야 할지 신경을 써야 했다. 부축하고 걸어야 한다는 게 내키지 않았으나 결혼식 때까지 최대한 잘해줄 작정을 하고 걸어가는데 며칠 전 안아준 여자의 맨션이 나무들 사이로 보였다. 아직도 여자는 남편이 오지 않아 혼자 있을지 몰랐다. 아니면 다른 스너글러를 불러 장에게 한 이야기를 똑같이 할지도 몰랐다.

산책로 중간까지 갔을 때 마거릿이 화장실을 찾았다. 산책로 오른편에 있는 여자 화장실을 알려주고 장은 반대편으로 들어갔다. 남자 화장실은 더러웠다. 휴지통에는 화장지와 종이컵과 과자 봉지와 빵 조각과 신발과 양말이 찌그러진 케이크처럼 포개져 있었고 양말에는 콘돔이 껌처럼 들러붙어 있었다. 화장실을 나와 다시 산책로를 걸어갈 때 줄리아에게 전화가 왔다. 애인이라도 되는 양 친근하게 줄리아가 어디냐고 물었다. 장은 센트럴파크에 왔다고 했다.

"거기까지 애완견 산책 간 거야?"

"어……."

마거릿을 애완견 취급한 것 같아 장은 미안한 마음이 들었다. 마거릿은 그것도 모르고 휴대폰을 꺼내 액정에 뜬 게리의 사진을 쓰다듬었다. 장은 마거릿에게 등을 돌리고 나서 휴대폰을 귀에 바짝 댔다.

"나 지금 바빠. 나중에 통화해."

"애완견 산책시키는데 뭐가 바빠."

장이 전화를 끊으려는데 줄리아가 다급한 목소리로 말했다.

"나 지금 영화 찍고 있어. 곧 데뷔할 거야."

"그래? 잘 됐네."

줄리아는 영화배우가 되기 위해 홍콩에서 왔지만 아직 꿈을 이루지 못했다. 한때 장은 줄리아의 집에 갈 때마다 영화 대본 연습을 했다. 이민자가 뉴욕에 와서 살아가는 과정을 그린 영화였는데 줄리아의 남편 역할을 해줄 때면 영주권이 있는 그녀와 결혼하는 꿈을 꾸었다. 밤새 줄리아를 안고 그 꿈을 꾸고 나면 몸이 흥건히 젖어 있었다. 꿈속에서 장은 하얀 웨딩드레스를 입은 줄리아와 빨간 카펫 위를 우아하게 걸어갔다. 걸어도 걸어도 끝이 없는 길이었지만 줄리아와 결혼한다는 것만으로 행복했다.

예전에 장은 다른 여자를 안고 자다가도 줄리아가 부르면 곧장 달려갔었다. 줄리아는 데이지보다 두 살 어리고 성격도 쿨했다. 같은 동양인이라 통하는 게 있어 가끔은 돈을 받지 않고 안아주었다. 줄리아가 좋아 데이지 몰래 저녁을 먹었고 5번가에 나가 영화를 본 적도 있었다. 그러나 더 다가가려고 하면 줄리아는 장을 밀어냈다. 줄리아가 저녁에 보자고 했지만 장은 시간이 없다며 전화를 끊고 마거릿에게 갔다. 마거릿이 산책로 한쪽에 있는 녹색 벤치에 앉았다.

"게리가 프러포즈한 벤치야. 게리한테 데이비드를 소개시켜

주려고 이곳에 온 거야."

뒤늦게 장은 마거릿이 센트럴파크에 오자고 한 이유를 알았다. 장은 산책로 주변을 맴도는 올리버를 바라보며 게리 이야기를 들은 후 다시 차를 타고 크로넛 가게로 갔다. 아까와 달리 분위기는 침울했다. 올리버는 말없이 운전을 했고 마거릿은 차창 밖만 바라보았다. 그 사이에 끼어 장은 두 사람 눈치를 봤다. 차는 얼마 못 가 가다 서다를 반복했고 실내는 히터를 너무 세게 틀어 더웠다. 마거릿이 올리버에게 피곤하다며 집으로 가자고 했다.

"크로넛 먹으면 기운이 날 거예요. 웨딩숍도 가고 성당도 가야 하잖아요?"

장이 말했다.

"내 말 못 알아들어? 피곤하다고."

마거릿이 버럭 화를 냈다. 짜증이 났지만 장은 마거릿이 머리를 기댈 수 있도록 어깨를 조금 낮췄다. 머리가 어깨에 닿자 데이지와 다닐 때 느껴보지 못한 피곤함이 몰려왔다.

차는 5번가를 지나 32번가로 들어갔다. 아리랑에서는 한국 관광객들이 국밥을 먹고 있었고 고려서적 앞에서는 한인 남자가 비둘기에게 빵 조각을 던져주고 있었다. 오큘러스 플라워의 주인 여자는 손에 가위를 쥔 채 의자에 앉아 졸았다. 노천카페에는 여전히 뉴요커들이 햇볕을 쬐며 커피를 마시고 있었다.

장은 아파트 입구에 멈춘 차에서 내려 마거릿과 출입문으로 걸어갔다. 걸으면서도 자꾸 마거릿이 몸을 기대 불편했다. 불편함을 참고 걸어가다 레드 메이플 나무 아래 서 있는 데이지를 보고 손을 뺐다. 마거릿에게 먼저 들어가라고 한 뒤 데이지에게 갔다.

"여기를 어떻게 알고 온 거야?"

"간밤에 네 뒤를 따라갔어."

마거릿이 데이지의 존재를 눈치챌까 봐 목소리를 낮춰 집으로 가라고 했다. 데이지는 꿈쩍을 하지 않았다. 마거릿은 출입문이 닫히려 하면 카드를 붙였다 뗐다 하면서 안으로 들어가지 않고 장을 지켜보았다.

"여기서 그만둬. 네가 그녀를 이용하는 걸 알면 어떡하려고?"

데이지가 말했다.

"이용하는 게 아니라 거래를 하는 거라고 했잖아."

"아무리 그래도 이건 죄야."

"서로가 원하는 걸 하는데 그게 무슨 죄야."

"설마 존 때문에 이러는 거야?"

데이지가 발끈했다.

"그 새끼 이야기는 꺼내지 마. 그 새끼 때문에 내 인생이 꼬였어."

"네 인생이 꼬인 게 왜 존 때문이야?"

"그 새끼가 아니면 누가 날 경찰에 신고했겠어? 마이클이 했겠어, 사무엘이 했겠어, 킴이 했겠어."

"존이 신고한 건지 확실치 않잖아."

"그 새끼한테 전화라도 온 거야? 아니면 혹시 짐작 가는 거라도 있어?"

"없어."

장은 뒤를 돌아보지 않고 마거릿에게 갔다. 주차를 하고 온 올리버가 장을 쳐다보았다. 마거릿이 누구냐고 물을 줄 알았지만 아무것도 묻지 않았다. 장은 두 사람과 같이 출입문 안으로 들어갔다. 엘리베이터를 탈 때까지 데이지는 마네킹처럼 그 자리에 서 있었다.

집으로 들어가자마자 마거릿은 침실로 갔다. 마거릿은 숄과 외투를 벗어 옷장에 넣고 침대에 누웠다. 폴로가 침대로 뛰어올라가 마거릿의 겨드랑이 속으로 머리통을 들이밀었다. 장은 폴로가 자신의 베게에 오줌 싼 걸 발견하고 머리통을 쥐어박은 뒤 방향제를 뿌렸다. 마거릿이 방향제 냄새 때문에 골치가 아프다며 베개를 버리라고 했다.

베개를 쓰레기봉투에 담았으나 아버지의 체취가 배인 것이라 버릴 수 없어 빨아 쓰려고 빼냈다. 그걸 본 마거릿이 당장 버리고 오라고 했다. 장은 현관문을 밀고 나가 복도 끝에 있는 쓰레기 슈터를 열고 그 안에 던졌다. 시커먼 어둠 속으로 베개가 떨어졌다. 쓰레기 슈터 문을 닫고 들어가자 마거릿이 게리의 베개를 꺼내주고는 우유를 달라고 했다.

장은 주방으로 나가 냉장고에서 우유를 꺼냈다. 컵에 우유를 따라 전자레인지에 넣고 데우다 문이 열린 브라이언 방을 보았다. 우유가 데워지는 사이 브라이언 방으로 들어갔다. 침대에는 이불이 들춰져 있었고 그 옆에는 회색 슈트가 놓여 있었다. 슈트를 바닥으로 밀어뜨리고 책상 앞으로 갔다. 책상 위에는 브라이언이 한 남자와 어깨동무를 하고 찍은 사진이 놓여 있었다. 사진을 뒤집어 놓고 방을 나와 우유를 꺼내 침실로 갔다. 마거릿에게 우유를 주고 창가로 갔다. 그때까지 데이지는 레드 메이플 나무 아래 서 있었다.

"그 여자는 아직도 안 갔어?"

장은 얼른 창밖에서 시선을 거뒀다.

"가, 갔어요."

"그 여자가 데이비드를 사랑하나 봐."

"스너글러 하면서 만난 여자예요. 가끔 자기를 좋아하는 줄 알고 쫓아다니는 여자가 있어요."

"그럼 다행이고……. 근데 왜 이리 춥지. 밖에서 너무 떨었나. 안아줄래?"

장은 침대에 엉덩이를 걸치고 앉아 마거릿의 어깨를 끌어안았다. 그런데도 마거릿은 바들바들 떨었다.

"벗고 안아줄래?"

"벗고요?"

"살이 닿으면 덜 추울 것 같아."

장이 머뭇거리는 사이 마거릿은 상의를 벗었다. 빨간색 캐시미어 폴라티를 벗자 브래지어가 보였다. 마거릿은 뒤로 손을 뻗어 후크를 풀지 못하고 어깨끈을 끌어 내렸다. 공기 빠진 풍선처럼 늘어진 젖가슴이 드러났다. 젖가슴 밑으로 보이는 배는 웅덩이처럼 깊이 패여 있었고 왼쪽에는 가로로 수술 자국이 나 있었다. 배 오른쪽은 얼굴에 핀 검버섯마냥 검푸르스름했고, 그 밑으로는 물고기 비늘 같은 살비듬이 돋아나 있었다. 아이도 낳을 수 없고 남자를 품을 수도 없는 몸이었다. 데이지의 윤기 나는 몸과 달랐지만 쭉 뻗은 두 다리는 너무 하얬고 길었다.

"흉하지?"

"흉하지 않아요."

장은 생각과 다르게 말했다. 어느 순간부터 마음에 없는 소리를 해야 마거릿이 좋아하는 걸 알았다. 보는 대로, 느끼는 대로, 사실대로 말했다면 여기까지 오지 못했을 것이다. 생각과 다르게 말하면서부터 장은 마음이 편해졌다.

마거릿은 앉은 상태에서 한쪽 엉덩이를 들더니 하의를 벗고 팬티를 끌어 내렸다. 팬티가 발목에 걸리자 무릎을 세워 손으로 빼냈다. 살비듬이 허옇게 떨어진 시트에 거웃이 두 개 빠져 있었다. 반쪽은 갈색이고 반쪽은 허연 거웃이었다. 거웃이 빠진 것도 모르고 마거릿은 두 팔로 젖가슴을 감싸 안으며 이불 속으로 들어갔다.

장도 팬티를 벗고 이불 속으로 들어갔다. 침대 가장자리에 엎드려 있던 폴로가 두 사람 사이로 파고들었다. 폴로를 밀어 젖히고 두 팔로 마거릿을 끌어당기자 늘어진 젖가슴이 맨살에 와 닿았다. 따뜻한 여자의 가슴이 아니라 물컹한 아이스팩이 와 닿는 것 같았다. 마거릿이 온기를 느낄 수 있도록 끌어안는데 허벅지에 까칠까칠한 거웃이 들러붙었다.

"이제야 좀 살 것 같네."

마거릿이 장의 다리 사이로 다리를 끼워 넣고 눈과 코와 입을 만졌다. 마거릿의 손이 닿을 때마다 장은 알 수 없는 낭패감에 음, 음, 음 했다. 손을 밀어낼 수도 없었고 그렇다고 참고 있을 수도 없었다. 마거릿이 장의 손을 끌어당겨 눈과 코와 입을 만지게 했다. 마거릿의 손이 이끄는 대로 까칠까칠한 살을 만졌다. 징그러웠지만 내색하지 않았다.

"하고 싶어."

장은 움찔하며 마거릿의 손을 떼어냈다. 이제껏 장은 마거릿과 하고 싶다는 생각을 한 적이 없었다. 그런 일이 둘 사이에 가능하다고 생각지 않았다. 일흔셋인 여자에게는 욕망 같은 건 없다고 생각했다. 그래서 성생활은 포기하고 살면 된다고 생각했는데 착각인 모양이었다. 그렇다고 마거릿의 욕망을 채워줄 수도 없었다. 장은 마거릿의 몸에 성기가 닿지 않도록 엉덩이를 뒤로 뺐다. 어떻게든 이 순간을 견뎌야 했다. 그런데 그 순간 게리가 되어 이 시간을 넘어가는 것밖에 방법이 없다는 생각이 들었다. 진짜 게리가 되어야만 마거릿의 마음을 완전히 움직일 수 있었다.

눈을 감은 채 장은 데이지를 떠올리며 두 팔로 마거릿을 끌어당겼다. 푸른 눈동자 위에 입을 맞추고 머릿속의 환상이 깨지지 않도록 데이지를 떠올리며 마거릿의 몸 위로 올라갔다. 마거릿의 가슴을 데이지의 가슴이라 생각했고 마거릿의 다리를 데이지의 다리라 생각했다. 유령처럼 허공을 떠돌아다니는 눈이 창가에 와 부딪쳐 장은 흠칫 놀라 동작을 멈췄다. 잠깐만, 하고 마거릿이 화장대에서 튜브가 찌그러진 러브젤을 찾아 사타구니에 발랐다. 그래도 들어가지 않자 장의 것에도 발라주었다.

"이걸 바르면 조금 나을 거야."

스너글러 일을 하면서 장은 이 침대에서 마거릿을 안았다. 다른 여자들은 사생활을 노출시키지 않기 위해 사진을 치웠지만 마거릿은 침대 뒤에 있는 결혼사진을 치우지 않았다. 결혼사진 속의 게리를 보자 남의 아내와 자는 기분이 들어 액자를 엎어놓았다. 창밖으로는 눈이 휘몰아쳤다. 휘몰아치는 눈들이 창문에 들러붙었다 바람에 떨어져 내렸다. 쏟아져라, 쏟아져라, 한없이 쏟아져라. 장은 쏟아지는 눈에 이 방 안이 덮여버리길 바랐다. 게리가 되어버린 지금 이 시간도.

눈이 내리는 날에는 여자들에게 쪽지가 많이 왔다. 하지만 쪽지가 아무리 많이 와도 바로 만남으로 연결되지 않았다. 그러나 그날은 운 좋게 돈을 많이 준다는 여자와 쪽지를 대여섯 번 주고받다 연결이 됐다. 그날이 바로 여자에게 돈을 받고 섹스를 한 날이었다. 캘리포니아에서 왔다는 여자의 집은 32번가에서 꽤 떨어진 브루클린이라 노란 택시를 타고 갔다. 노란 택시에서 내려 골목을 몇 번 헤맨 끝에 여자의 집을 찾아 문을 두드렸다.

여자는 술에 취해 있었다. 화장실에 들어가 잠옷으로 갈아입고 나오자 여자는 다짜고짜 두 팔로 장의 목을 끌어안고 키스를 퍼부었다. 술 냄새를 풍기며 여자는 하룻밤 금액의 세 배에 해당되는 600달러를 내밀면서 섹스를 요구했다. 스너글러는 안고 자는 거지 섹스를 하는 게 아니라고 하자 여자는 탁자에 있는 술잔을 들이밀었다. "마셔요, 마시고 한번 해요. 난 당신한테 사랑을 원하는 게 아니라 원나잇을 원해요."

눈 한번 딱 감고 받을까, 하고 주저하는데 여자가 장의 잠옷 바지에 돈을 찔러 넣었다. "남자가 이럴 용기도 없이 이 일을 해요?" 용기란 말 때문이었을까, 아니면 돈 때문이었을까. 장은 술잔을 낚아채 마시고 여자에게 달려들었다. 섹스를 마치고 몸을 팔았다는 자괴감이 들었지만 한 번은 괜찮다고 생각했다.

한번은 흑인 남자와 잔 적이 있었다. 쪽지를 주고받을 때 상대가 남자라는 걸 알고 주저했으나 어차피 여자를 안고 자나 남자를 안고 자나 상관없다고 생각했다. 흑인 남자의 집에 도착했을 때는 새벽 세 시였다. 흑인 남자는 잠옷 대신 팬티를 입고 있었고 상의는 벗은 상태였다. 상체는 곱슬곱슬한 털로 시커멨다. 잠옷 가방을 내려놓기도 전에 흑인 남자가 장을 끌어안았다. 역할이 바뀐 것 같은 느낌이 들었지만 가만히 있었다. 안는 것이나 안기는 것이나 별 차이가 있는 게 아니었다.

흑인 남자는 장을 끌어안은 채 자신이 좋아한 남자에 대해 이야기를 했다. 등을 토닥토닥해 주면서 곧 기분이 나아질 거라고 하자 흑인 남자가 장의 팔뚝을 핥았다. 끈적끈적한 혀는 점점 아래로 내려와 손가락을 빨기 시작했다. 조금만 참으면 돈을 번다는 생각에 참았지만 흑인 남자의 행동은 점점 거칠었다. 흑인 남자는 완력으로 엉덩이 위로 올라와 장의 두 팔을 머리 뒤로 잡아당겼다. 흑인 남자가 내리누르는 체중에 숨을 쉴 수 없었다. 엉덩이 사이로 흑인 남자의 발기한 성기가 와 닿았다.

"아파……. 더는 못 하겠어……."

마거릿이 두 손으로 장의 가슴을 밀어냈다.

"천국을 볼 줄 알았는데 현실은 아니네……. 난 내 몸이 아직도 남자를 받아들일 줄 알았어."

장은 마거릿의 배 위에서 내려와 옆에 누웠다. 무사히 이 시간을 건너온 것 같았으나 어딘가 허전했다. 그게 마거릿에게 천국을 보여주지 못했기 때문인지 아니면 마거릿의 쓸쓸한 눈빛 때문인지 알 수 없어 폴로를 잡아당겨 안았다. 폴로의 몸이 마거릿보다 부드러웠다. 체온도 더 따뜻했다. 이 정도의 체온은 사람의 차가운 몸뚱어리도 따뜻하게 해줄 수 있었다. 폴로의 얼굴에 볼을 비비며 무사히 일을 마쳤다는 안도감이 드는 찰나 줄리아에게 전화가 왔다. 마거릿이 옆에 있어 전화를 받지 않았다.

"게리가 죽기 일주일 전 이 침대에서 같이 잤었어. 게리는 마지막이란 걸 예감한 듯 내 몸을 애처롭게 애무해 줬어. 사정은 못 했어도 난 열락을 느꼈어. 이제껏 살아오면서 그런 밤을 보낸 건 처음이었어. 게리가 하던 독서모임을 다시 연 것도 그 밤 때문이야. 그 밤을 영원히 기억하고 싶어서."

장은 결혼식을 올릴 때까지 게리 이야기를 참고 들어주기로 했다. 그런데 마거릿이 게리 이야기를 끝내고 첫 번째 남편 이야기를 했다.

"첫 번째 남편은 미용사였어. 어느 날 커트를 하려고 헤어숍에 갔는데 남편이 없는 거야. 한 시간을 기다려도 그는 오지 않았어. 그사이 여자 손님이 두 명 왔다 갔어. 밤이 될 때까지 그가 오지 않아 나는 커트를 하지 못하고 집으로 갔어. 그는 자정이 넘어 들어왔어. 난 아무것도 묻지 않았어. 그런데 가게를 비우는 일이 주기적으로 일어나 여자를 만나냐고 물었지. 그는 여자를 만난다는 걸 순순히 인정했어. 더 기가 막힌 건 그의 대답이었어. 만나는 여자가 유부녀인데 결혼한 여자를 보면서도 설렌다고 했어. 설레는 여자와 살고 싶다고."

마거릿은 스탠드 옆에 놓아둔 담배를 꺼내 입에 물었다. 얼마나 세게 필터를 물었는지 입술에 주름이 잡혔다.

"나와 이혼한 후 그는 여자를 데리고 알래스카로 떠났어. 그곳에서도 그는 헤어숍을 차렸어. 그는 커트와 파마를 하고 여자는 염색을 하고. 난 그와 헤어지고 일 년쯤 되어 제화점을 차렸어. 열 평도 안 되는 매장이었는데 그때부터 조금씩 그를 잊었지. 그러다 구두를 사러 온 게리를 만난 거야."

마거릿은 점심을 먹고 나서 오후 내내 소파에 앉아 꾸벅꾸벅 졸았다. 장은 맞은편 소파에 앉아 켄트 하루프의 책을 읽다 다리를 뻗고 누웠다. 소파에 편하게 누워있는 게 얼마 만인지 몰랐다. 뉴욕에 와서 가장 따뜻한 크리스마스를 보내는 것이었다. 장은 바닥에 있는 폴로를 끌어당겨 안고 잤다.

눈을 떴을 때 해가 저물어 엠파이어 빌딩의 그림자가 유리창을 뚫고 거실까지 들어와 있었다. 크리스마스트리를 켜자 그림자는 사라졌다. 장은 반쪽만 불이 들어오는 트리를 바라보다 마거릿을 깨웠다. 마거릿은 잠이 쏟아진다며 저녁도 먹지 않고 침실로 들어가 잤다.

장은 필터를 떼어낸 담배를 입에 물고 한 모금 깊게 빨았다. 담배 냄새가 입속으로 흘러들어와 마음이 차분해졌다. 몇 번 더 빨자 담배 가루가 혀끝에 들러붙었다. 혀끝에 붙은 담배 가루를 떼어내고 한국 기사를 검색해 읽었다.

서너 개 기사를 읽고 났을 때 엄마에게 전화가 왔다. 이혼하기 전부터 엄마는 아버지와 사이가 좋지 않았다. 엄마는 가족보다는 언제나 스피치 학원 일에 매달렸다. 하루 종일 아이들에게 말을 잘하는 훈련을 시키는 게 엄마의 일이었다. 영어 학원이나 수학 학원과 달리 학원생 수가 적어 고전을 면치 못했음에도 엄마는 일을 놓지 않았다. 엄마는 다른 남자와 살면서도 속을 뒤집어 놓았기에 장은 전화를 받지 않았다. 전화를 받지 않자 오 분 후 또 왔다. 무슨 일이 있나 싶어 전화를 받았다.

"구렁이 한 마리가 네게 안기는 꿈을 꿨어."

예상 못 한 꿈 이야기에 장은 결혼한다는 말을 했다. 엄마는 대뜸 상대방의 국적부터 물었다. 결혼할 여자는 뉴욕 태생이고 이름은 마거릿이라고 하자 엄마는 뭐하는 여자냐고 물었다. 마거릿은 애완견을 키우며 산다고 했다.

"돈 많은 여자인가 보네."

"여긴 뉴욕이니까."

"뉴욕이라고 뭐가 달라."

"뉴욕은 달라. 인종도 다르고 생각도 다르고. 뉴욕은 그런 곳이야. 한국과는 다르다고."

말이 궁색해질 때마다 장은 버릇처럼 여긴 뉴욕이니까, 하고 말했다. 서울에서는 불가능한 일이 뉴욕에서는 가능하다는 뜻이었다. 이 말에는 긍정과 도전의 뜻이 담겨 있었다. 이와 반대인 경우에도 이 말을 썼다. 여긴 뉴욕이니까 안 돼. 여긴 뉴욕이니까 못 해. 여긴 뉴욕이라 도저히 할 수 없어. 뭔가를 포기하는 경우에도 이 말을 썼다.

"뉴욕에는 별별 직업이 다 있어. 심지어 스너글러라는 직업도 있어."

"그게 뭔데?"

"잠옷을 입은 채 여자를 안아주고 돈을 버는 남자야. 서울이라면 놀라자빠지겠지만."

"괜찮은 직업이네. 서울에도 스너글러가 있으면 나도 부르겠다. 뉴욕에만 외로운 여자가 있는 게 아니니까."

장은 언젠가 엄마 나이 또래의 여자를 안아준 적이 있었다. 차이나타운에 사는 중국 여자였는데 그녀의 몸에서는 기름 냄새가 났다. 여자는 하루에 백 마리씩 닭을 튀기고 나면 기름에 몸을 튀긴 것 같다면서 옷을 갈아입을 수 없을 정도로 팔이 무겁다고 했다. 장은 엄마가 떠올라 여자에게 부담스럽다고 말하고 잠옷 가방을 어깨에 멨다. 여자가 장을 잡았다. "나를 엄마라 생각하고 안아봐요."

마지못해 잠옷으로 갈아입고 여자를 안았다. 엄마를 안아준다고 생각해도 부담스런 기분은 사라지지 않았다. 그런데 엄마에게 맡아본 냄새를 맡는 순간 여자의 가슴에 얼굴을 파묻었다. "엄마가 집에서 튀김을 할 때 이 냄새가 났죠. 전 엄마가 튀김을 할 때가 가장 좋았어요. 그때의 엄마가 가장 행복해 보였거든요."

여자는 장을 끌어당겨 안고 머리카락을 쓸어 만져주었다. 여자의 품이 편하고 따뜻해 장은 먼저 잠이 들었다. 여자들의 집을 찾느라 거리를 헤매는 꿈을 꾸지 않았고 빌딩에서 떨어지는 꿈도 꾸지 않았다. 햄버거나 커피를 주문할 때 거절당하는 꿈도 꾸지 않았다. 뒤척일 때마다 여자가 장을 안아주어 엄마에게 느끼지 못한 따뜻함을 느꼈다.

새벽에 여자가 이불을 들추고 일어났을 때에야 장은 잠에서 깼다. 그 후 여자가 다시 부른 적은 없었으나 언젠가 차이나타운에 갔다 닭을 튀기는 여자를 보았다. 한눈에 여자를 알아봤고 여자도 장을 알아봤다. 여자 옆에는 그녀의 남편쯤 되어 보이는 동양인 남자가 서 있었다. 여자는 눈길을 피했고 장 역시 모른 척 지나갔다.

"엄마도 외로워?"

장은 중국 여자를 떠올리며 물었다.

"외롭지. 진정으로 나를 안아주는 남자가 없어. 연애할 때 네 아버지가 진정으로 안아줬는데. 그나저나 궁합 보게 마거릿의 생년월일 좀 알려줘."

장이 생년월일을 알지 못한다고 하자 나이를 물었다. 장은 나이를 알려줬다. 잘못 들은 줄 알고 엄마가 다시 나이를 물었다. 일흔셋이라고 차분하게 응대했다.

"여긴 뉴욕이니까. 뉴욕은 나이가 중요치 않아. 한국과는 다르다니까."

"다르긴 뭐가 달라. 그건 결혼이 아니라……. 인수야……."

오랜만에 듣는 인수란 이름이 장은 낯설었다. 엄마는 장이 아닌 낯선 남자를 부르는 것 같았다. 인수가 아닌 데이비드로 살아온 십 년이었다. 엄마가 다시 인수야, 하고 부르자 가슴이 먹먹해져 자신의 이름은 인수가 아니라 데이비드라고 했다. "양키도 아니고 네 이름이 왜 데이비드야? 네 이름은 인수야. 내 이름 가운데 자인 인과 네 아버지 가운데 자인 수를 합쳐 만든 이름이라고." 장은 엄마 말을 듣지 않고 전화를 끊었다. 다시 전화가 와도 받지 않았다. 몇 번 벨소리가 울리다 배터리가 나갔다. 충전기를 갖고 오지 않은 걸 깨닫고 롱패딩만 걸친 후 집으로 갔다.

그사이 방은 더 작아져 보였다. 침대도 작아 보였고 창문도 작아 보였다. 방 안에서는 냉기가 흘러 금세 따뜻한 마거릿의 집이 그리웠다. 벽 한쪽에 있는 충전기를 주머니에 넣고 배터리를 갈아 끼운 다음 킴에게 전화를 걸어 마거릿의 아들이 왔다고 투덜댔다. 킴이 손을 좀 봐주겠다고 했으나 일이 커질까 봐 그럴 필요가 없다고 했다. 전화를 끊고 장은 마거릿의 집으로 갔다.

"여자 안아주고 오나?"

언제 왔는지 브라이언이 소파에 앉아 있었다. 브라이언은 사탕 껍질을 돌돌 말아 장에게 튕겼다. 장의 코를 맞추고 사탕 껍질은 떨어졌다. 떨어진 껍질을 짓이겨 밟고 침실로 가는데 브라이언의 발밑에 있는 잠옷 가방이 보였다. 브라이언이 손가락으로 가방을 가리켰다.

"네놈 가방은 다 뒤져봤어. 침대 밑에 숨겼더군."

장은 주먹을 불끈 쥐고 브라이언 앞으로 갔다. 브라이언이 장을 밀어냈다.

"진정해. 네놈 때문에 크리스마스를 망친 건 나라고. 네놈에 대해 알아보느라 하루 종일 한인사회를 뛰어다녔어. 덕분에 네놈 직업이 뭔지 알아냈지."

"네가 뭔데 내 직업을 알아봐?"

장은 브라이언의 멱살을 잡으려고 손을 뻗었다. 브라이언은 손을 쳐내고 잠옷 가방을 높이 쳐들었다. 잠옷 가방을 빼앗으려고 티격태격하는 사이 침실에서 마거릿이 나왔다. 때맞춰 브라이언이 잠옷 가방을 뒤집어 쏟았다. 양말과 1달러짜리 지폐와 구겨진 메모지가 쏟아졌다. 브라이언이 메모지를 집어 읽었다.

"캐서린, 엠마, 도로시, 에이미, 나오미……. 여기에 어머니 이름도 있겠죠. 어머니가 부정해도 소용없어요. 세상에 돈 받고 여자를 안아주는 남자라니. 이놈은 스너글러라고요."

장이 스너글러인 줄 아는 사람은 데이지와 킴밖에 없었다. 그렇다면 데이지가? 그럴 리 없었다. 킴이 말한 게 분명했다. 장이 메모지를 낚아채려 하자 브라이언이 손을 등 뒤로 숨겼다.

"이게 다 스너글러 하면서 안아준 여자겠죠. 한번 전화해 볼까요. 오늘밤 남자가 필요하냐고? 이놈은 돈만 주면 몸도 팔고 영혼도 파는 놈이에요."

자신 있게 말했지만 마거릿은 왜 남의 가방을 함부로 뒤졌냐며 브라이언을 다그쳤다.

"최소한 이놈이 뭐하는지는 알아야죠."

"스너글러가 어때서."

"어머니가 스너글러를 집으로 불러들일 줄은 몰랐어요. 게리밖에 몰랐던 어머니가 어떻게 다른 남자를 불러요. 어머니 말씀대로 스너글러는 별거 아니라고 치죠. 근데 이게 뭔지 아세요? 여권을 보니 이미 비자가 만료됐어요. 이놈은 불법체류자예요. 영주권 따려고 어머니에게 접근한 거라고요. 어머니도 불법체류자인 줄 몰랐죠?"

"알고 있었어."

브라이언은 한참 동안 아무 말도 하지 못했다. 순간 장은 마거릿에게서 이제껏 느끼지 못한 따뜻함을 느꼈다. 하지만 그 순간은 오래가지 않았다. 이런 상황이 뭔지 알겠다면서 브라이언이 마거릿에게 대들었다.

"불법체류자인 줄 알고 있었다면 서로 거래를 한 거네요? 저 놈은 영주권을 받고 어머니는 남편을 얻는 걸로 말예요. 그렇다면 이 거래는 어머니가 손해라고요."

"그렇지 않아. 데이비드가 날 위해 포기하는 게 훨씬 더 많아. 내가 얻는 게 더 많다고."

"말도 안 돼요. 제가 이 거래를 깨버릴 거예요."

브라이언은 경찰에 전화를 걸었다. 마거릿은 경찰에 신고하면 원하는 걸 얻지 못할 거라며 침실로 들어갔다. 소파에 있던 폴로가 뒤따라 들어가다 문이 닫혀 머리통을 부딪쳤다. 브라이언은 번호를 잘못 눌렀다면서 전화를 끊고는 여권을 던지고 방으로 들어갔다.

여권을 집어 잠옷 가방에 넣었으나 불안한 마음이 사라지지 않아 장은 거실을 돌아다니다 창가로 갔다. 어둠에 묻힌 창밖을 바라보고 있자니 불안감은 더욱 커져 마거릿의 담배를 꺼내 일층으로 내려가 피웠다.

담배 한 대를 피우고 나서 바닥에 쌓인 눈을 뭉쳐 레드 메이플 나무를 향해 던졌다. 뭉친 눈은 날아가는 도중에 깨져 사방으로 퍼졌다. 쏟아져라, 쏟아져라, 하고 하늘을 올려다봤지만 더는 눈이 내리지 않았다. 레드 메이플 나무 앞에 쭈그려 앉아 연달아 두 대를 피워도 불안감은 사라지지 않았다. 장은 필터만 입에 문 채 마거릿의 집으로 들어가 밤이 깊도록 거실을 서성거리다 킴에게 전화를 걸었다.

4

아침에 장은 마거릿 옆에 앉은 브라이언을 힐끗 쳐다보고 베이글을 한 입 먹었다. 아무리 씹어도 베이글은 질겼다. 베이글을 씹으면서 브라이언이 어떻게 자신의 직업을 알아냈는지 생각했으나 도무지 알 수 없었다. 간밤에 킴에게 전화해 물어봤지만 누구도 자신에게 와서 장의 직업을 물은 적이 없다고 했다. 물론 데이지도 아니었다.

"이 집을 네게 줄게."

베이글을 씹다 장은 마거릿을 쳐다보았다. 경찰에 신고하면 원하는 걸 얻지 못한다는 게 집인 모양이었다. 불쾌했지만 조용히 두 사람의 이야기를 들었다.

"어차피 이 집은 어머니가 죽고 나면 제 집 아닌가요?"

브라이언의 말에 마거릿은 포크를 좌우로 저었다. 브라이언은 포크로 식탁을 툭툭 치다 베이글을 집어 버터를 발랐다. 손가락에 버터가 묻자 그것을 빨아 먹더니 손가락 털까지 쪽쪽 빨고는 마거릿에게 말했다.

"이 집으로 저와 거래를 하겠다는 거군요."

"이제야 내 말을 알아듣는군."

"신고하면요?"

"이 집이 싫은 거니?"

하고 싶은 말을 참는지 브라이언은 포크로 식탁을 또 쳤다. 마거릿이 이것으로 일이 마무리 된 걸로 알겠다고 했으나 브라이언은 호락호락하지 않았다.

"저놈을 사랑하는 거예요?"

"네가 말하는 사랑이 뭔지 모르겠지만 누군가와 같이 살고 싶구나. 그게 사랑이라면 사랑이겠지."

"올리버는 안 될까요?"

"사랑하지 않는 사람과 결혼할 순 없잖아."

"올리버가 어머니 좋아하잖아요. 독서모임에 들어온 것도 어머니 때문이잖아요. 어머니와 생각하는 것도 비슷하고 재력도 있고. 결혼은 이런 사람과 하는 거죠. 같은 백인이고."

같은 백인이라는 말이 거슬렸지만 장은 못 들은 척했다. 백인인 그녀에게 그런 말은 이질감이 없을지 몰랐다. 브라이언이 장의 한국 이름을 알려달라고 했으나 마거릿은 알려주지 않았다.

"말 안 해도 다 아는 방법이 있어요. 어떤 놈인지 한인사회를 더 뒤져봐야겠어요."

장은 빈 접시와 포크를 들고 일어나 개수대로 갔다. 그사이 브라이언은 롱코트를 입고는 현관으로 가서 구두를 신다 벗고 스니커즈를 꺼내 신었다. 장은 설거지를 하고 나서 냉장고에 붙여놓은 폴로의 요일별 식사메뉴를 봤다. 사료 대신 소고기를 구워주는 날이었다. 독 워킹 서비스맨을 할 때도 추가요금을 받고 해주던 일이었다. 장은 냉장고에서 손바닥만 한 소고기를 꺼내 프라이팬에 구웠다. 노릇노릇하게 고기가 익어가는 냄새에 폴로가 다가왔다. 가위로 고기를 한 점 잘라 내밀자 폴로가 장의 다리에 두 발을 대고 일어서 폴짝폴짝 뛰어올랐다. 마거릿은 폴로에게 뛰지 말라는 신호를 보냈다.

"장난치지 말고 줘. 뛰면 무릎에 안 좋아."

장은 손톱만 한 크기로 고기를 잘라 밥그릇에 놓은 뒤 캐러멜처럼 생긴 관절영양제를 올려주고 냉장고를 정리했다. 냉장고 안에는 마거릿이 주문한 주스와 우유가 있었다. 딸기잼은 하얗게 곰팡이가 피어 싱크대에 쏟아부었다. 냉장고 안을 정리하고 키친타월로 싱크대를 한 번 더 훔쳤다. 그러고는 싱크대 옆에 쌓아놓은 상자에서 주스를 꺼내 냉장고에 넣고 쓰레기봉투를 들고 나갔다. 현관에 있는 브라이언의 구두를 발견하고 장은 그것마저 들고 나가 복도 끝에 있는 쓰레기 슈터에 던졌다.

오후에 마거릿은 옷장에서 게리와의 결혼식 때 입은 웨딩드레스를 찾아 입었다. 한국과 달리 미국에서는 웨딩드레스를 빌려 입지 않고 사서 입는 경우가 많았다. 웨딩드레스는 기장이 한 뼘 정도 길 뿐 거의 맞았는데 보라색 매니큐어를 바른 손톱과도 잘 어울렸다. 마거릿은 옷장에서 게리가 입었던 검은색 턱시도를 꺼내 장에게 주었다. 죽은 사람의 옷이라 께름칙한데다 사이즈가 엑스라지에 가까워 컸지만 주저 없이 입었다.

"게리 같네."

장은 어깨를 으쓱하며 웃어 보였다.

"게리는 크리스마스이브엔 턱시도를 입고 집 안을 걸어 다녔어……. 게리처럼 두 팔을 올려봐."

마거릿의 말에 장은 로봇처럼 두 팔을 위아래로 쭉쭉 올리면서 침대 주변을 왔다 갔다 했다.

"두 팔을 더 위로 올려 걸어야 해. 내가 하는 것 봐, 이렇게."

마거릿이 앞에서 시범을 보이며 걸었다.

"이렇게요?"

"조금 더, 조금 더."

장이 팔을 위아래로 힘껏 올렸다 내렸다 하자 마거릿이 웃음을 터트렸다. 신이 나서 장은 마거릿의 팔짱을 끼고 한 걸음 두 걸음 내딛었다. 빰빠바바, 빰빠바바, 하고 결혼행진곡을 흉내 내며 걸어가다 웨딩드레스 자락을 밟았다. 찌찌직, 하고 밑단이 찢어졌다. 마거릿은 웨딩드레스는 수선해 입고 턱시도만 사면 되겠다고 했다.

"한 번 입고 말 건데 뭘 사요."

"데이비드는 첫 결혼인데 그럴 순 없지. 같이 나가자."

"정말요?"

"언제까지 집에서만 살 수 없잖아."

"웨딩드레스는 제가 수선해 와도 되는데……."

말은 그렇게 했지만 마음이 변할까 봐 장은 웨딩드레스를 종이가방에 쑤셔 넣고 턱시도를 벗어 옷장에 걸었다. 옷장에는 마거릿의 옷들이 빼곡히 걸려 있었다. 그사이 마거릿은 입술에 빨간색 립스틱을 바르고 청바지를 입었다. 색이 바랜 청바지는 조금 컸으나 아주 잘 어울렸다. 마거릿은 청바지 위에 하얀 와이셔츠를 입은 뒤 빨간색 롱코트를 걸치고 목에 밍크 목도리를 둘렀다. 머리에는 빨간색 모자를 썼다. 하얀 머리카락이 가려져 얼굴에 생기가 돌아 젊어 보였다. 장은 아주 예쁘다고 말했다. "그레이스보다?" 장이 고개를 끄덕이자 마거릿이 검은색 선글라스를 꼈다. 멋지다고 하자 마거릿은 시력이 떨어져 잘 안 맞는다며 이내 벗었다. 장은 종이가방을 들고 현관문을 열고 나갔다.

운 좋게 올리버와 부딪치지 않고 단번에 엘리베이터를 타고 내려갔다. 그런데 로비 출입문에서 올리버가 도어맨과 수다를 떨고 있었다. 올리버는 장을 본체만체하고 마거릿에게 어디 가냐고 물었다. 어제 못 간 웨딩숍과 성당에 간다고 하자 올리버는 산책도 할 겸 같이 가자면서 마거릿 옆에 들러붙었다.

"브라이언은 두 사람의 결혼을 알고 충격을 받았던데요. 아까 엘리베이터에서 만났는데 화가 나 있었소."

"올리버는 올리버 일이나 신경 쓰세요."

마거릿이 말했다. 장은 아직도 올리버가 마거릿에 대한 희망을 버리지 못하는 것 같아 쓴웃음을 지었다. 어쩌면 브라이언이 희망을 심어줬는지도 몰랐다. 마거릿과 출입문을 나갔다가 장은 레드 메이플 나무 앞에 서 있는 데이지를 보고 팔짱을 풀었다. 못 본 척 지나가자 데이지가 뒤따라왔다. 마거릿에게 먼저 가라고 하고 데이지에게 갔다.

"가뜩이나 마거릿 아들이 불법체류자인 걸 알아 심란해 죽겠는데 너까지 왜 이래. 네가 찾아오면 마거릿이 이상하게 생각한단 말이야."

"그러니까 그만둬."

"절대 못 해. 난 반드시 영주권 딸 거야."

"마이클처럼 강제 추방당하면 어쩌려고."

"그게 무슨 소리야? 존이 날 또 신고한단 이야기야?"

"그건 아니고."

"그 새끼 나타나면 가만 안 둘 거야."

데이지는 입을 다물고 신발 앞축으로 바닥을 찼다. 존 이야기를 하면 데이지는 언제나 표정이 굳어졌다.

"강제 추방당하지 않은 걸 보면 존이 나타날 때도 됐는데. 설마 내 결혼식장에 나타나는 건 아니겠지?"

"그러니까 여기서 그만두라고."

데이지는 긴 머리카락 하나를 잡아 쥐어뜯었다. 데이지의 발밑에 쥐어뜯은 머리카락이 흩어져 있는 걸 보고 장은 화가 치밀었다. 치밀어 오르는 화를 누르며 데이지에게 말했다.

"마거릿은 고혈압이 있어. 뇌졸중을 앓은 적도 있으니까 얼마 못 살아. 마거릿이 죽고 나면 우리 결혼식을 올리면 돼."

데이지가 장을 노려보았다.

"안 죽으면? 죽이기라도 할 거야? 그래야 내가 기다려도 기다릴 거 아냐."

마거릿이 곧 죽을 거라고 말했지만 거기까지는 한 번도 해보지 않은 생각이었다. 사실 이제는 고혈압이나 뇌졸중으로는 쉽게 죽지 않았다. 큰아버지 역시 뇌졸중을 앓고 요양원 침대에 누워 칠 년을 살았다. 마거릿이 뇌졸중으로 쓰러져 칠 년을 산다고 생각하자 아찔했다. 칠 년은 너무 길었다. 목을 조이는 상상을 하다 장은 바르르 몸을 떨고 데이지의 등을 떠민 다음 마거릿한테 갔다. 마거릿은 아무것도 묻지 않았다. 올리버가 뭔가 물으려는 걸 되레 말렸다.

장은 다시 마거릿의 팔짱을 끼고 거리를 걸어갔다. 그러나 얼마 가지 못하고 뒤를 돌아보다 고려서적에서 나오는 한인 남자와 부딪쳤다. 죄송하다고 했지만 남자는 신경조차 쓰지 않고 비둘기에게 빵부스러기를 던져주었다. 올리버는 한인 남자를 안다면서 동거하는 여자가 집을 나간 뒤 말을 하지 않는다고 했다. 이제껏 장은 한인 남자가 말하는 걸 보지 못했다. 아리랑에서 국밥을 주문할 때도 손가락으로 메뉴를 가리켰고 카페에서 봤을 때도 손가락으로 커피를 주문했다. 장은 한인 남자가 정말 말을 할 줄 아냐고 올리버에게 물었다.

"자네처럼 어리숙하게 영어를 하는 게 아니라 네이티브처럼 유창하게 한다네. 저 친구가 홈리스 생활을 한 게 오 년이 넘어. 한인이 운영하는 노숙자 쉼터에서 살다 알콜릭이라 쫓겨났지."

데이지가 다리를 질질 끌고 따라오고 있어 장은 빠른 걸음으로 5번가로 들어갔다. 5번가는 연말이라 휘황찬란했다. 가게 앞에는 크리스마스트리가 반짝이고 있었고 여기저기서 시끄러운 음악소리가 들렸다. 하늘 위로는 노랗고 빨간 풍선이 날아올랐다. 개중 몇 개가 뻥, 뻥, 터졌다. 가게 유리창에는 '해피 뉴 이어'를 알리는 플래카드가 붙어 있었다. 정면에 있는 삼성과 LG 광고를 보는데 마거릿이 기프트숍 앞에 있는 백인 남자를 보고 톰, 하고 불렀다. 푸시맨이었다.

"이 친구가 그 친구예요? 브라이언이 수상하다고 하던데."

푸시맨이 장을 힐끗 쳐다보고 물었다. 빨간색 운동복이 아닌 청바지에 딱 붙는 가죽 재킷을 입은 푸시맨을 본 건 처음이었다.

"수상한 건 없어. 내가 결혼한다니까 못마땅한 거겠지. 브라이언은 언제 만났는데?"

"어제요."

"결국 너 때문에 브라이언이 이혼하는구나."

푸시맨은 어깨를 으쓱하고 사장이 부른다며 기프트숍 안으로 들어갔다. 사장이 푸시맨의 엉덩이를 더듬는 걸 보고 마거릿은 얼굴을 찡그리며 앞서서 걸어갔다. 서둘러 뒤따라가다 장은 어깨에 멘 종이가방을 떨어뜨렸다. 밖으로 빠져나온 웨딩드레스를 종이가방에 쑤셔 넣고 모퉁이를 돌자 크로넛 가게였다. 마거릿은 문이 닫힌 크로넛 가게를 바라보다 다시 걸어갔다.

오 분을 걸었을 때 웨딩숍이 나왔다. 쇼윈도에는 색색의 웨딩드레스를 입은 마네킹이 백합으로 만든 부케를 들고 서 있었다. 데이지가 따라오지 않는 걸 보고 장은 쇼윈도 문을 열고 들어갔다. 삼십 대 초반의 히스패닉 여자 종업원이 종종걸음으로 다가와 소파로 안내를 했다. 뽀글뽀글한 파마를 해서 종업원은 머리에 솜사탕을 쓴 것 같았다.

"턱시도 보러 왔어요."

마거릿이 종업원에게 말하고 소파에 앉자 올리버가 문을 열고 들어왔다. 종업원은 카탈로그를 들이밀며 뉴욕에서 유행하는 턱시도를 설명했다. 턱시도는 세 종류가 있었다. 다크슈트 턱시도와 모닝코트 턱시도와 데일코트 턱시도였다.

종업원은 결혼예복으로는 다크슈트가 많이 나간다고 했다. 모닝코트는 재킷에 스트라이프 팬츠를 입는 형태였고 데일코트는 제비 꼬리 모양의 형태로 음악회에 갈 때나 웨딩 촬영할 때 주로 입었다. 키가 커 보이는 효과가 있는 건 데일코트였다. 마거릿이 가장 비싼 데일코트를 고르자 종업원은 환하게 웃으며 웨딩드레스 카탈로그를 내밀었다. 마거릿은 카탈로그를 밀어내고 종이가방에서 웨딩드레스를 꺼내 테이블에 펼쳐놓더니 수선해 달라고 했다.

"신부가 와서 입어봐야 하는데요."

"내가 입을 거예요."

"할머니가요?"

"할머니가 아니라 마거릿이에요."

장이 나서자 마거릿의 얼굴이 밝아졌다. 종업원은 올리버를 쳐다보고는 이내 상황을 파악한 듯 결혼을 축하한다고 했다. 땡큐, 하고 마거릿은 찢어진 웨딩드레스의 밑단을 알려주었다. 종업원이 마거릿을 데리고 피팅룸으로 들어갔을 때 올리버가 마네킹들 사이에 서 있는 데이지를 가리켰다.

"여자가 있는데 왜 마거릿과 결혼하려고 하지? 어제 차 안에서도 자네를 지켜봤는데 마거릿을 좋아하는 것 같지 않았네. 사랑하는 사이라면 타인을 의식하며 손을 잡진 않으니까."

올리버는 올리버 일이나 신경 쓰라고 장은 시큰둥하게 말했다. 올리버를 가벼운 노인네로 본 게 잘못이었다. 이 상황을 어떻게 모면할까 방법을 찾았으나 선뜻 떠오르는 건 없었다. 어떻게든 올리버도 결혼에 호의적인 사람으로 만들어야 했다. 싸워봤자 적만 하나 더 늘 게 뻔해 장은 마거릿과의 결혼이 잘될 수 있도록 도움을 청했다.

"내가 왜 자네 결혼식을 도와줘야 하지?"

올리버가 끄응, 하며 장을 쳐다보았다.

“마거릿의 친구니까요.”

“난 마거릿을 좋아한다네.”

“마거릿은 올리버를 좋아하지 않아요.”

“자네가 그걸 어떻게 알아?”

“마거릿한테 들었으니까요. 엘리베이터 앞에서 만났을 때 일부러 제 어깨를 친 것도 마거릿 때문이었죠?”

올리버는 엘리베이터 출입구가 좁아 부딪친 거라며 혼자 구시렁거렸다.

“내가 옆에 있으면 더 잘해줄 수 있는데……. 간호도 해주고……. 병원도 데려다주고……. 요리도 해주고……. 내가 손이 되고 발이 되어줄 텐데.”

올리버는 자신이 장보다 마거릿을 더 오래 알았다고 했다. 마거릿의 장점도 알고 단점도 알고 좋아하는 것과 싫어하는 것도 안다고 했다. 책을 읽는 취미와 조용하게 사는 삶이 비슷하다면서 마거릿과 알고 지낸 과거를 늘어놓았다.

“독서모임에 들어간 것도 마거릿 때문이었는데……. 그래서 말인데 자네가 날 도와줄 수 없나?”

올리버가 장의 손을 잡으며 애원을 했다. 장은 뭉툭한 손을 떼어냈다.

"올리버를 좋아하는 건 그레이스예요."

"난 그레이스보다 마거릿이 좋아."

피팅룸에서 나온 마거릿이 데이지를 볼까 봐 장은 마네킹을 가리고 섰다. 그 틈에 올리버가 마거릿 앞으로 다가갔다.

"마거릿, 내가 저 친구보다 잘할 수 있소."

마거릿이 뒤로 한 발 물러났다.

"당신 말대로 데이비드보다 당신이 내게 더 잘할 거예요. 하지만 난 당신보다 데이비드가 좋아요. 이 나이에 설렌다는 건 꿈도 못 꿨는데 데이비드를 보면 설레요. 데이비드가 자는 걸 봐도 설레고 베이글을 먹는 걸 봐도 설레고. 올리버를 보고는 설레지가 않아요. 그런데 어떻게 결혼할 수 있겠어요."

상황 파악을 하느라 눈치를 보던 종업원은 더는 안 되겠다 싶었는지 마거릿에게 다가가 웨딩드레스 자락을 위로 잡아 올렸다. 종업원이 핀으로 밑단을 잡는 사이 장은 턱시도를 들고 피팅룸으로 들어갔다. 사랑하지 않아도 결혼할 수 있다고 생각했다. 어차피 처음부터 사랑이 아닌 거래에 의한 결혼이었다. 아니, 이것 또한 사랑이라면 사랑이었다. 마거릿은 죽기 전에 장에게 영주권을 주고 장은 마거릿이 죽을 때까지 곁에서 지켜주는 희생적인 사랑이었다.

장이 턱시도를 입고 나갈 때까지 데이지는 창밖에 서 있었다. 데이지를 보지 못하게 장은 마네킹을 등지고 섰다. 전면 거울로 턱시도를 입은 젊은 남자와 웨딩드레스를 입은 늙은 여자가 보였는데 그 사이로 데이지가 고개를 들이밀었다. 마거릿은 데이지를 못 본 척 장의 옆구리에 들러붙었다. 그때 데이지가 문을 밀고 들어와 마거릿 앞에 섰다.

"데이비드는 영주권을 따기 위해 결혼하는 거예요. 그러니까 여기서 거래를 끝내요."

"거래를 끝내라고 하기 전에 자기가 누구인지 밝히는 게 예의 아닌가?"

마거릿은 장에게서 떨어지지 않고 데이지에게 한마디 했다. 세상에 달관한 줄 알았던 일흔셋의 여자에게 질투가 있다는 게 장은 놀라웠다.

"데이지라고 합니다. 데이지 오."

"그 말 하려고 귀찮게 따라다녔나?"

"우린 결혼을 약속한 사이예요."

마거릿의 얼굴이 굳어졌다.

"데이비드 말로는 스너글러 하다 만난 여자라고 하던데."

"스너글러 하다 만난 여자는 그쪽이 아닌가요?"

마거릿이 입술 끝을 말아 올렸다. 더는 두고 볼 수 없어 내보내려는데 마거릿이 장을 가로막고 데이지에게 말했다.

"당신이 설명하지 않아도 이런 상황이 뭔지 알겠어. 그래서 하는 말인데 우린 서로가 필요한 걸 주기로 하고 결혼하는 거야. 그쪽이 데이비드의 숨겨둔 여자라 해도 내가 결혼 못 할 이유는 없다는 거지. 오히려 난 여기까지 따라와 구걸하는 그쪽 마음을 모르겠어. 데이비드가 나와 결혼 거래를 한 걸 이제 안 건 아닐 텐데. 아니, 결혼을 약속한 사이라면 이미 그쪽은 나와 데이비드의 결혼을 찬성한 거 아니었나?"

"아니에요."

"아니어도 상관없어."

"데이비드는 당신을 사랑하지 않아요."

"날 사랑하지 않아도 상관없어. 내가 사랑하면 되니까."

데이지는 아랫입술을 깨물고 손가락에 끼워진 실반지를 마거릿의 코앞에 내밀었다.

"이것 봐요. 데이비드는 나랑 결혼하기로 했다고요."

"내가 받은 반지가 더 좋아 보이는데."

마거릿이 깡마른 손을 뻗어 반지를 보여주자 데이지의 얼굴이 굳어졌다. 데이지는 마거릿의 손에 낀 반지를 뽑아낼 듯 바라보다 장을 밀치고 나갔다. 문이 세게 닫히는 바람에 마네킹이 들고 있던 부케가 떨어졌다.

장은 떨어진 부케를 주우면서 데이지를 바라보았다. 금방이라도 데이지는 고꾸라질 것 같았다. 다리를 끌고 가는 데이지를 보자 죄를 짓고 있다는 생각이 들었다. 뛰쳐나가고 싶은 충동을 참느라 손에 힘을 주어 부케 손잡이가 꺾였다. 부케 손잡이를 펴지 않고 장은 마네킹의 손에 끼웠다. 마거릿이 피팅룸에 들어가자 올리버가 물었다.

"영주권을 따려고 마거릿을 꼬신 거였군. 근데 왜 마거릿은 자네 의견을 받아들였을까? 마거릿이 뭐가 아쉬운 게 있다고?"

장은 대답을 하지 않고 피팅룸 앞으로 갔다. 마거릿이 옷을 갈아입고 나오고 나서 턱시도를 벗으러 안으로 들어갔다. 급하게 옷을 갈아입고 나왔을 때 두 사람은 서로 다른 방향을 보고 앉아 있었다. 마거릿은 계약서에 두 사람의 전화번호를 적고 웨딩드레스 수선비와 턱시도 값을 카드로 긁었다. 결혼예복은 일요일 아침에 성당에 가져다 달라고 부탁했다. 웨딩숍을 나와 올리버는 갑자기 노래교실에 간다며 자리를 떠났다. 단둘이 있게 되자 데이지에 관해 물을까 봐 긴장을 했으나 아무것도 묻지 않았다. 장은 밍크 목도리를 둘러주고는 마거릿의 손을 잡고 성당으로 걸어갔다.

벽에 수많은 성조기가 꽂힌 건물을 지나자 세례자 요한 성당이 보였다. 성당은 초고층 빌딩들로 둘러싸여 있었다. 마거릿은 장의 손을 놓고 사제관의 벨을 눌렀다. 조금 후 검은색 수단을 입은 백인 신부님이 나왔다.

장은 신부님에게 인사를 하고 사제관 안으로 들어갔다. 벽 한가운데 걸린 십자가가 가장 먼저 눈에 들어왔다. 십자가에 못 박혀 있는 그리스도의 모습을 보자 죄를 짓는다는 생각이 들었다. 사랑하지 않고 거래에 의해 결혼하는 건 죄였지만 그게 죄일지라도 결혼할 작정이었다. 장은 십자가를 등지고 마거릿과 나란히 앉았다. 신부님이 거실 한쪽에서 커피를 가져와 탁자에 놓고 맞은편에 앉았다.

마거릿은 신부님이 내온 커피를 한 모금 마시고 일요일에 결혼식을 올리고 싶다고 했다. 예비부부 교리를 받지 않고 결혼식을 할 수 없다는 말에 마거릿은 두 번의 결혼식을 했을 때 받았다고 했다.

"제겐 시간이 없어요, 신부님. 늙은이는 언제 죽을지 몰라요."

마거릿은 손을 떨며 소파에 등을 댔다. 호흡도 조금 거칠어졌다. 신부님은 감았던 눈을 뜨고 손에 쥔 묵주를 한 알씩 굴렸다. 결혼 계획이 틀어질까 봐 장은 십자가를 바라보며 속으로 기도를 했다.

"예비부부 교리도 두 번 받았으니 선처할게요. 일요일 낮 한 시에 결혼식을 올리죠."

신부님의 말에 마거릿이 미소를 지었다. 덩달아 장도 고개를 꾸벅 숙였다. 신부님은 결혼식 날 증인은 양쪽 모두 한 사람씩 세워야 한다고 했다. 사제관을 나온 장은 이제야 한 고비 넘은 것 같아 함성소리가 나는 성당 정문을 바라보았다.

성당 정문이 열리면서 하얀 웨딩드레스를 입은 백인 여자와 하얀 턱시도를 입은 백인 남자가 계단을 걸어 내려왔다. 정문 양쪽에 하얀 드레스를 입고 서 있던 십여 명의 백인 여자들이 바구니에서 하얀 꽃잎을 집어 결혼식을 마치고 나오는 두 사람에게 뿌렸다. 백인 여자들 뒤에 서 있는 백인 남자들도 꽃잎을 뿌렸다. 신랑과 신부는 물론이고 하객도 죄다 백인이었다. 주위를 둘러봐도 동양인이나 흑인은 보이지 않았다. 성당 앞을 지나가는 사람들이 브라보, 하면서 환호성을 질렀다. 장은 신랑신부를 보면서 킴에게 전화를 걸어 일요일 낮 한 시에 결혼식 증인을 서달라고 부탁했다.

"증인은 누굴 세웠어?"

전화를 끊었을 때 마거릿이 말했다.

"아리랑에서 일하는 친구예요."

"증인도 세웠으니까 베어 마운틴에 가자."

"거기까진 꽤 걸릴 텐데요."

"시간도 많은데 무슨 걱정이야. 거기 가서 우리의 결혼식을 자축하자."

성당 앞에서 장은 마거릿과 노란 택시를 잡아탔다. 노란 택시가 맨해튼을 빠져나가는 동안 차창 밖을 보는데 '웰컴 투 뉴욕'이란 표지판이 눈에 들어왔다. 밤마다 침대에 누워 '웰컴 투 뉴욕' 하고 읊조리던 아버지가 떠올랐다. 장은 아버지가 엠파이어 빌딩 조형물을 카트에 싣고 다니며 관광객에게 팔았다는 이야기를 했다. 아버지와 엠파이어 빌딩에 올라 시내를 내려다보며 뉴욕에서 살고 싶은 생각을 했다는 이야기도 했다. 아버지 이야기를 하고 나자 마거릿과 조금 가까워진 기분이 들었다.

베어 마운틴까지는 두 시간이 걸렸다. 노란 택시에서 내리자 호수가 보였다. 카페에서 이른 저녁을 먹고 마거릿과 길을 따라 호숫가로 나갔다. 호수는 잔잔했고 날이 저물어 갈 무렵이라 고요했다.

"이곳이 이렇게 평화로운 곳인 줄은 몰랐어요. 불법체류자로 살면서 경찰관과 부딪칠까 봐 맨해튼 밖으로는 잘 나가지 않았거든요."

장은 마거릿의 손을 잡고 호숫가를 따라 걸어갔다. 몇 발자국 걷다 마거릿이 걸음을 멈췄다.

"게리가 죽기 전에는 차를 몰고 종종 이곳에 왔었어. 혼자 점심을 먹고 서점에 가서 책을 읽다 이곳으로 차를 몰았지. 이곳에 왔다 가면 하루가 금방 갔어. 차가 밀려 밤이 되어 들어간 적도 있었어. 거실에 있는 크리스마스트리를 산 곳도 이곳이야. 반만 불이 들어오는 트리를 버리지 못하는 게 이 때문이지. 트리를 보고 있으면 이곳 생각이 났거든. 데이비드도 이곳이 맘에 들어?"

"맘에 들어요."

"봄에는 내 차 몰고 오자."

"차가 있었어요?"

"지하주차장에 있어. 게리가 죽고 나서 타지 않은 차. 운전은 데이비드가 해. 난 옆에서 초콜릿 먹여줄 테니까. 바나나도 먹여주고. 크로넛도 먹여주고. 그런 자잘한 것은 게리와 못 해봤거든. 암튼, 나오니까 좋네. 왜 그동안 집에만 틀어박혀 살았나 몰라. 저 새들 좀 봐."

나뭇가지에 앉아 있던 새들이 날개를 퍼덕이며 날아올랐다. 새들은 두 줄로 하늘을 날아 건너편 산으로 사라졌다. 건너편 산 아래에는 호숫가를 따라 세워진 카페들이 있었다. 카페에 켜진 불빛이 수면 아래로 일렁였다.

"처음에 데이비드는 내게 철새 같은 방문객이었어. 그런데 어느 때부터 데이비드를 부를 때면 마음이 설렜어. 데이비드를 기다리는 시간이 얼마나 행복하던지. 데이비드가 오는 날은 목욕을 하고 가장 아름다운 잠옷을 입었지. 늙은이 냄새가 날까 봐 이도 두 번씩 닦았어. 가끔은 질투도 했지. 다른 여자를 안아주러 간 게 아닐까 하고. 폴로 산책을 한 번씩 더 시킨 것도 이 때문이야. 그리고 어느 때부터 난 폴로에게 데이비드 이야기를 늘어놓았지. 그때부터 나를 찾아오는 방문객을 잡고 싶었어."

장은 마거릿 이야기를 듣다 어떤 시인의 「방문객」이라는 시가 떠올라 휴대폰으로 검색했다. 시를 쓴 사람은 정현종이라는 시인이었다. 장은 「방문객」을 영어로 번역해 읽어줬다. "사람이 온다는 건 실은 어마어마한 일이다. 한 사람의 일생이 오기 때문이다." 마거릿이 미국 시냐고 물어 한국 시라고 말했다.

"한 사람의 일생이 오는 거라는 말에 공감해. 데이비드를 기다리면서 나도 그런 생각을 했거든. 더 이상 데이비드는 내게 방문객이 아냐. 이제 나의 미래야."

장은 흘러내린 밍크 목도리를 끌어 올려 어깨를 덮어주고 호숫가에 있는 카페에 들어가 커피를 두 잔 사 왔다. 커피가 뜨거울까 봐 입으로 후후 불어 종이컵을 마거릿에게 주었다.

"지금 마시면 좋을 거예요. 몸도 녹여주고."

마거릿은 두 손으로 종이컵을 감싸고 호로록 커피를 마신 뒤 반지를 낀 손을 장 앞에 흔들었다. 반지를 보고 너무 좋아하는 모습에 장은 돈에 맞춰 대충 고른 게 미안해졌다.

"반지 준 날을 생각하면 지금도 아찔해요. 마거릿이 저의 제안을 거절할까 봐 조마조마했죠."

"난 기분 좋았는데. 늙었지만 여자라는 걸 느꼈어. 하지만 데이비드의 제안을 무작정 받아줄 순 없었지. 왜냐면 이 거래는 데이비드에게 훨씬 손해니까. 나야 내가 이미 가지고 있는 걸 주는 거지만 데이비드는 가지고 있지 않은 마음까지 보여줘야 하니까. 없는 사랑을 만들어줘야 하니까. 그게 거짓일지라도. 게다가 나랑 결혼하려면 포기할 것도 많고 참을 것도 많고 노력할 것도 많으니까."

장은 마거릿의 이야기를 조용히 들었다. 마거릿이 그렇게까지 자신을 배려했다는 게 놀라웠다.

"스너글러 하면서도 많이 힘들었을 텐데……. 하지만 이제 걱정 마, 데이비드. 내가 있으니까. 내가 도와줄게."

마거릿이 종이컵을 바닥에 내려놓고 장의 어깨를 끌어안았다. 순간 불법체류자로 살아온 나날들이 장의 머릿속에서 떠올랐다. 아버지가 죽었던 날도 떠올랐고 카트를 끌고 엠파이어 빌딩 앞을 떠돌던 날도 떠올랐다. 시내를 돌아다니며 여자들을 안아준 밤도 떠올랐다. 집에 찾아갔는데 여자들이 변심을 해서 거절할 땐 정처 없이 거리를 쏘다닌 적도 있었다. 눈을 맞고 거리를 걷기도 했고 한번은 브루클린에서 비를 흠뻑 맞고 집으로 간

적도 있었다. 그런 밤들을 마거릿에게 위로 받는 기분이었다.

"지금껏 저는 수많은 여자들을 안아줬어요. 어느 땐 한 시간씩, 어느 땐 두 시간씩. 어느 땐 팔이 저리도록. 하지만 저를 안아준 사람은 없었어요. 그런데 오늘 마거릿이 진정으로 저를 안아줬어요. 제 마음까지 안아준 사람은 마거릿이 처음이에요."

"그랬구나. 정말 그랬구나."

마거릿이 포옹을 풀자 종이컵에서 커피가 흘러 장의 손등을 적셨다.

"미안, 데이비드. 뜨겁겠다."

장은 손등에 묻은 커피를 혀로 핥았다.

"이런 뜨거움이라면 얼마든지 괜찮아요."

장은 종이컵을 들어 커피를 마시고 호수 끝까지 걸어가 자신의 현재도 마거릿이고 자신의 미래도 마거릿이라고 말했다. 그러고는 호수 위에 떠있는 달을 바라보았다. 호수 위로 새들이 날개를 펼치며 날아갔다. 장은 종이컵을 내려놓고 두 팔을 새처럼 위아래로 흔들면서 마거릿 주변을 돌았다.

새들이 호수 수면을 파다닥거리며 발로 차듯 두 다리를 위로 올리고는 코코코코, 하면서 새소리를 흉내 냈다. 마거릿은 미소를 지은 뒤 목에 두른 목도리를 양쪽 손끝으로 잡고선 팔을 흔들었다. 춤을 추듯 마거릿은 두 팔을 흔들면서 장의 주변을 돌았다. 마거릿이 새소리를 흉내 낼 때마다 장도 같이 따라 했다. 새들이 산 너머로 날아가고서야 두 팔을 펼쳐 마거릿을 끌어안았다.

장은 마거릿을 안은 채 한 손을 펴서 떨어지는 눈을 받았다. 손바닥에 하나둘 눈이 떨어졌다. 마거릿도 손을 펴서 눈을 받았다. 순식간에 손바닥에는 하얗게 눈이 쌓였다. 장은 손바닥에 쌓인 눈을 털어내고 마거릿의 손을 잡았다.

"손 시리니까 그만해요."

"젊어진 것 같아 좋아."

"젊어지고 싶어요?"

"당연하지."

"그럼 제가 마거릿의 나이를 한 살 가져갈게요."

마거릿이 환호성을 질렀다.

"정말?"

"그럼요. 내일도 눈이 오면 또 한 살 가져갈게요. 그러면 어느 날 마거릿은 저와 나이가 같아지겠죠. 제가 마거릿이 젊어지도록 나이를 다 가져갈게요."

"내가 데이비드와 똑같은 나이가 될 때까지만 가져가."

"알았어요."

장은 마거릿의 손을 잡고 호수 위에 내리는 눈을 오래도록 바라보았다. 그리고 노란 택시를 타고 뉴욕으로 갔다.

현관문을 열고 들어가자마자 장은 식탁에 앉아 있는 브라이언과 눈이 마주쳤다. 식탁에는 브라이언이 끓여놓은 수프가 세 접시 놓여 있었다. 언제 퍼 놓았는지 수프는 표면이 얇게 굳어 있었다. 저녁을 먹었음에도 마거릿은 브라이언의 호의를 거절하지 못하고 식탁에 앉았다. 어쩔 수 없이 장도 식탁에 앉아 수프를 한 모금 떠먹었다.

"어디 갔다 온 거예요?"

마거릿이 베어 마운틴에 갔다 왔다고 하자 브라이언이 얼굴을 찡그렸다.

"데이비드와 가니까 너무 좋더라."

"저놈 이야기는 듣고 싶지 않아요. 아, 그리고 메리와 이혼할 거예요."

"톰 때문에?"

"톰과는 상관없어요."

"톰이 아니면 뭐 때문에 이혼하는데? 낮에 웨딩숍 가다 톰 만났어. 아직도 톰은 그곳에서 일하더구나."

브라이언이 수프를 가득 떠서 입에 넣다 바지에 떨어뜨렸다. 그것도 모르고 브라이언은 수프를 떠먹었다. 마거릿이 왜 이혼하냐고 물었다.

“메리는 알코올 중독자예요. 메리는 이혼은 절대 못한다고 했지만 전 마음이 돌아섰어요. 평생 술 먹는 여자와 살 순 없잖아요. 술에 취한 아이가 생길까 봐 섹스도 안 해요. 그러니까 어머니도 이 결혼 다시 생각해 봐요.”

“난 아이를 낳을 일도 없는데.”

“아이가 문제가 아니에요. 저놈이 무슨 생각으로 접근했는지 몰라 그러는 거죠. 오늘 아침 기사 못 봤어요? 동양인 남자가 영주권 따려고 결혼하려 했다가 거절당하자 여자를 죽였어요.”

브라이언이 동양인 남자 이야기를 계속하자 마거릿은 자신과 상관없는 일이라며 말을 막았다.

“난 데이비드와 살 거야. 게리 기억만 하며 죽을 때까지 살 순 없잖아. 넌 왜 메리와 결혼했니?”

“지난 이야기를 왜 물어요?”

“나도 묻고 싶지 않은 이야기였어. 그런데 데이비드에 대해 따지고 드니까 묻는 거야. 결혼이란 사랑하지 않는 사람과도 할 수 있다는 걸 네가 더 잘 알잖니? 넌 아이가 갖고 싶어 결혼했지만 그걸로 인해 메리의 인생을 망쳤잖아.”

브라이언의 표정이 금세 시무룩해졌다. 마거릿은 스푼을 내려놓고 잔소리를 했다.

"어쩌면 인생이란 수프 맛 같은 건지 몰라. 어느 땐 싱겁고 어느 땐 짜고. 게리가 죽고 나서 내 인생은 싱거웠지만 이젠 간이 맞아. 수프는 짭조름해야 맛이 나. 그래서 말인데 나도 여생은 나를 위해 살고 싶어. 그러니까 내 결혼은 걱정 마. 너도 앞으론 네가 좋아하는 사랑을 찾아서 살아. 이젠 일 년에 한두 번 오는 너를 기다리며 살진 않을 거야."

"그거라면 걱정 마세요. 이혼하고 어머니와 살 테니까요."

"여기서?"

깜짝 놀라 장이 끼어들었다. 먹은 수프가 목구멍을 타고 올라왔다. 브라이언은 당연하다는 듯 어깨를 으쓱했다.

"여긴 데이비드와 살 집이라 안 돼. 넌 톰의 집에 들어가 살아."

마거릿이 단호하게 말하자 브라이언이 한숨을 쉬었다.

"정말 저놈을 사랑하는 거예요. 아니면 베어 마운틴에서 무슨 일 있었던 거예요?"

"이렇게 멋진 시간을 보낸 건 오랜만이었어. 멋진 시도 들어보고. 새 춤도 춰봤어."

"그건 또 무슨 소리예요?"

"그런 게 있단다. 그리고 이것 하나는 분명하게 짚고 넘어가자. 메리가 알코올 중독자가 된 건 너 때문이야. 네가 톰과 호텔에 들어가는 걸 봤다는구나. 그런데도 너와 헤어지지 못하겠다고 했어. 한번은 도저히 참을 수 없는지 톰의 집을 물었어. 물론 알려주지 않았지만."

브라이언은 메리 이야기는 듣고 싶지 않다면서 화제를 장에게 돌렸다.

"오늘 한인사회를 뒤져 저놈 뒤를 캐보니 수상한 게 한두 개가 아니에요. 한인사회 모임도 안 나오고 길을 가다 부딪쳐도 모른 척 한대요. 한국에서 살인을 하고 도망친 건지도 모르잖아요."

"누구한테 뒷조사를 한 건데? 네가 아는 한인이 어딨다고?"

마거릿의 말에 브라이언은 대답하지 못했다. 브라이언은 마거릿의 시선을 피해 장을 쳐다보았다.

"네놈 뒤를 캐는 게 못마땅해 내 구두를 훔쳐간 거야?"

장은 모르는 일이라고 시치미를 뗐다.

"네가 안 훔쳤으면 현관에 있던 구두가 어딜 가? 그사이 도둑이 들었단 말이야? 그러고 보니 진짜 도둑이 든 게 맞네. 내 구두도 노리고 이 집도 노리는 도둑 말이야."

브라이언이 장의 접시에 포크를 던지고 방으로 들어갔다. 이내 마거릿도 침실로 들어갔다. 장은 쪼개진 접시를 신문지로 말아 쓰레기봉투에 넣고 설거지를 한 뒤 침실로 들어갔다. 마거릿은 폴로의 등을 쓸어 만지며 침대에 누워 있었다. 화장을 지운 마거릿의 얼굴은 주름이 깊어졌고 군데군데 검버섯도 보였으나 더는 싫게 느껴지지 않았다. 입에서 나는 구취도 신경 쓰이지 않았다. 조금 전 편을 들어준 게 고마워 장은 마거릿의 손을 잡았다.

피곤했던지 마거릿은 이내 잠이 들었다. 장은 침대에 기대 마거릿을 바라보았다. 마거릿의 얼굴 위로 데이지의 얼굴이 떠올랐다. 데이지의 얼굴을 지워내자 다시 마거릿의 얼굴이 떠올랐다. 코를 골며 자는 모습을 휴대폰에 담으려는데 문자 알림 소리가 났다. 결혼 거래를 그만두라는 데이지의 문자였다. 하지만 장은 그럴 생각이 없었다. 결혼을 앞둔 사람이라면 누구나 한 번쯤 고통의 순간은 오기 마련이었다. 그 고통이 두 번이라도 상관없었다. 두 번의 고통이 오면 그것마저 참으면 됐다. 세 번의 고통마저도 참을 수 있었다. 세상에 참지 못하는 고통은 없었다.

마음을 다독이며 자려는데 또 문자가 와 장은 침대에서 일어나 롱패딩을 걸쳤다. 마거릿이 깰까 봐 조용히 문을 밀고 나가 엘리베이터를 타고 내려갔다. 꾸벅꾸벅 조는 도어맨을 지나 출입문을 나서자마자 뛰었다. 마거릿이 깨어날 수 있어 되도록 빨라 갔다 와야 했다. 데이지가 사는 건물로 들어가 장은 문을 세 번 두드렸다. 데이지가 문을 열어주었다.

"이 밤에 웬일이야?"

"네가 계속 문자 보내니까 그렇지. 제발 며칠만 참아."

데이지가 전기포트에 물을 받아 콘센트에 꽂았다. 일회용 커피믹스를 종이컵에 쏟은 후 데이지는 뜨거운 물을 부어 장에게 주었다. 그때 마거릿에게 전화가 왔다. 콜라를 사러 나왔다고 하자 마거릿이 말없이 전화를 끊었다. 마음이 급해진 장은 커피를 마시다 입천장을 데었다. 그게 데이지 탓인 양 종이컵을 휴지통에 던지고 나갔다가 출입문 앞에서 백인 남자의 손을 잡고 들어오는 브라이언과 마주쳤다. 브라이언 옆에 서 있는 남자는 푸시맨이었다.

"이게 누구야?"

브라이언이 앞을 가로 막았다. 눈앞에 브라이언이 있다는 게 장은 믿기지 않았다. 푸시맨도 놀랐는지 장을 쳐다보았다. 브라이언은 푸시맨의 손을 놓고 장에게 다가왔다.

"네가 왜 여기서 나오지? 조금 전까지 집에 있었는데."

장은 브라이언을 밀치고 출입문 쪽으로 걸어갔다. 그러다 출입문을 열고 들어오는 미셸과 부딪쳤다.

"데이지 만나고 가는 길이야?"

엘리베이터 문이 닫히길 기다렸지만 브라이언은 열림 버튼을 누르고 장을 지켜보았다.

"차라리 이럴 거면 한국으로 돌아가. 데이지도 그걸 원하던데."

미셸이 몹시 흥분된 얼굴로 말했다.

"그거야 그냥 하는 소리지."

"너는 너밖에 모르는구나. 너 살리려고 창밖으로 뛰어내린 사람한테 할 짓이야?"

장은 두 사람에게 들리지 않도록 작은 목소리로 말했다.

"우리가 지금 한국으로 돌아가 무슨 일을 할 수 있겠어? 너 같은 미국인들이 우리 같은 이방인의 마음을 어찌 알겠냐고. 얼마나 영주권을 따고 싶으면 이렇게 하겠냐고."

미셸은 더는 대꾸하지 않고 엘리베이터를 향해 걸어갔다. 두 사람은 친절하게 미셸이 올 때까지 엘리베이터를 세우고 기다렸다. 미셸이 안으로 들어가고 나서야 문이 닫혔다. 뭔가 꼬인 기분이었지만 장은 서둘러 출입문을 나갔다. 뉴욕 레스토랑을 지나갈 때 안에서 음악소리가 들렸다. 지난 연말에 데이지와 둘이 송년회를 한 곳이었다. 한참 동안 레스토랑을 바라보다 한인마트에서 콜라를 사서 마거릿의 집으로 갔다.

"다음부터는 내가 자더라도 말하고 나가. 자다 깼는데 데이비드가 없어 얼마나 허전했는지 몰라."

침실 문을 열고 들어갔을 때 마거릿이 말했다. 장은 미안하다고 말하고 콜라 뚜껑을 따서 마셨다. 그때 엄마에게 전화가 왔다. 엄마의 전화를 받지 않고 침대에 누웠다.

5

아침에 일어나 장은 폴로를 데리고 산책을 나갔다. 32번가를 나와 뉴욕 레스토랑으로 갈수록 버터 냄새가 났다. 레스토랑 앞에서는 하얀 모자를 쓴 요리사가 채소를 다듬고 있었다. 출입문이 열릴 때마다 머라이어 캐리의 음악이 흘러나왔다. 데이지와 이곳에 올 때마다 듣던 음악이었다.

일을 나가고 없을 터인데도 장은 발길이 자꾸 데이지의 집 쪽으로 향했다. 크리스마스트리 앞까지 갔을 때 데이지의 방 창문이 보였다. 관광객들이 크리스마스트리 앞에서 사진을 찍고 있었다. 장은 한참 동안 데이지의 방을 바라보다 존이 살았던 집으로 걸어갔다.

이십여 분을 가자 존이 살았던 집이 나왔다. 이곳은 32번가와 같은 냄새가 나지 않고 31번가와 같은 냄새도 나지 않았다. 일층 코너에 있는 존의 방은 앞 건물에 막혀 햇볕이 들지 않았다. 고양이가 쓰레기봉투 속의 음식물찌꺼기를 찾아 먹는 걸 보고 폴로가 달려갔다. 안 돼, 하고 장은 리드줄을 잡아당겼다.

집 앞을 기웃거리다 장은 바닥에 떨어진 캔을 발끝으로 차올렸다. 허리까지 올라간 캔이 떨어질 때에 맞춰 다시 찼다. 캔으로 제기차기를 하다 방향이 틀어져 창문을 때렸다. 방에서 남자가 출입문을 밀고 나왔다. 남자에게 미안하다 말하고 존이란 사람이 사냐고 물었다. 남자는 그런 이름은 없다고 했다.

장은 남자가 들어간 후 아리랑으로 갔다. 킴은 보이지 않고 통유리창으로 국밥을 먹는 한인마트 직원만 보였다. 종종 이곳에서 장은 데이지와 지나가는 관광객들이 어디에서 왔는지 알아맞히는 게임을 했다. 데이지는 관광객의 옷차림을 보고 단번에 어느 나라에서 왔는지 맞혔다. 가방 디자인을 배우면서 각 나라 사람들이 좋아하는 무늬와 색상을 안 것이다. 데이지는 열 번 중에 여덟 번 정도 국적을 맞춘 반면 장은 한 번도 맞추지 못해 매번 국밥을 사줬다.

지나가는 관광객들을 바라보다 장은 마거릿의 집으로 걸어갔다. 같이 엘리베이터를 탄 백인 남자가 장과 폴로를 번갈아 보며 인상을 구겼다. 폴로를 보고 인상을 쓰는 건지 장을 보고 인상을 쓰는 건지 알 수 없었다. 남자가 신경 쓰여 엘리베이터가 29층에서 멈추자마자 현관문을 열고 들어갔다.

"조금만 하고 들어오지. 날도 추운데."

소파에서 켄트 하루프의 소설책을 읽던 마거릿이 말했다. 장은 목줄과 리드줄을 빼서 신발장 한쪽에 넣고 폴로에게 입힌 빨간색 아디다스 패딩을 벗겼다. 그러고는 비닐봉지에 든 똥을 변기에 버리고 물을 내린 다음 폴로의 발을 씻겨 욕실에서 나왔다. 장은 마거릿을 기분 좋게 해주고 싶어 독서모임에 들어가겠다고 말했다.

"소설 쓰는 데 도움이 될 거야. 뉴욕에서만 산 사람들이라 뉴욕에 대한 이야깃거리가 많아. 그리고 오늘 회원들에게 결혼 발표를 할 거야. 다들 놀라겠지."

한창 마거릿이 독서모임에 대한 이야기를 하는 와중에 브라이언이 이혼 변호사를 만나러 나갔다. 얼마 안 있어 꽃무늬 원피스를 입은 그레이스가 왔다.

"브라이언 이혼한다며?"

그레이스가 호들갑스럽게 물었다.

"네가 그걸 어떻게 알아?"

"브라이언이 말했으니까 알지. 브라이언은 아직도 톰을 못 잊은 거 같던데."

마거릿이 듣기 싫다고 해도 그레이스는 계속 떠들었다.

"이게 메리에게도 좋을 거야. 평생 톰을 좋아하는 브라이언을 보며 사는 건 고통이라고. 브라이언은 세련된 남자인데 속마음은 모르겠어. 너도 게리의 속은 알아도 브라이언 속은 모른다고 했잖아. 왜 네가 메리와 결혼하는 걸 안 막았는지 몰라."

"브라이언의 인생이니까."

마거릿은 차갑게 말했다. 그럴 때면 마거릿은 차가운 뉴요커였다. 그레이스는 아랑곳하지 않고 소파에 앉아 사탕을 까먹고 마거릿을 쳐다보았다.

"새디가 요양병원에 들어갔대."

"어제 통화했을 때 결혼식에 오겠다고 했는데."

"네 결혼식 땐 늘 일이 터지네. 게리와 결혼할 때도 휘트니가 오다 교통사고 났잖아. 첫 번째 남편과 결혼할 때도 무슨 일이 터졌지. 설마 이번 결혼식에도 무슨 일이 터지는 건 아니겠지?"

그레이스는 베이글을 집어 먹으며 결혼식 날에 터진 사건을 늘어놓았다. 참다못한 마거릿이 애들처럼 왜 부스러기를 흘리냐며 손등을 쳤다. 그레이스는 잔소리를 피해 장에게 오더니 언제 올리버와 연결해 줄 거냐고 물었다. 독서모임 때 기회를 봐서 다리를 놓겠다고 했다.

그레이스가 간 후 장은 유리창을 닦고 피아노 위에 쌓인 먼지를 닦았다. 크리스마스트리에 묻은 먼지도 털며 열심히 청소하는데 줄리아에게 전화가 왔다. 전화를 받자마자 줄리아는 자신의 집으로 와달라고 했다. 장은 마거릿을 힐끗 쳐다보고 창가로 갔다. 따라오는 폴로를 발로 밀어내고 휴대폰을 반대편 귀에 갖다 댔다.

"나 교체당했어. 투자자가 다른 배우로 교체를 요구했대. 그래서 너 만나 위로받고 싶어. 전에도 서비스로 안아줬잖아."

지금은 갈 수 없다는 말에 줄리아는 애완견을 산책시키고 있냐고 물었다. 사실대로 말하기 귀찮아 그렇다고 했다. 줄리아는 자기보다 애완견이 중요하냐며 한숨을 쉬었다.

"실은 나 홍콩으로 돌아가. 데뷔도 못 하는데 더 있을 필요가 뭐 있어. 가기 전에 너 한 번 보려고. 너 예전에 나 좋아했잖아."

어떻게 말을 해야 할지 알 수 없어 장은 듣고만 있었다.

"난 쓸쓸한 뉴욕의 밤이 싫어."

"뉴욕의 밤이 세상에서 가장 아름답다고 했잖아?"

장은 따지듯 물었다.

"그건 그냥 하는 소리였지. 초고층 빌딩만 있는 뉴욕이 뭐가 아름다워. 사실은 너무 삭막해서 한 번도 깊은 잠을 잔 적 없어. 스너글러를 불러야 잠든 밤이 많았어."

장은 줄리아를 안고 잔 밤들을 떠올렸다. 그러고 보니 줄리아는 밤에 깊이 자지 못했다. 새벽에 깨어 대본을 손에 쥔 채 창밖을 보는 날이 많았다. 그 밤에도 줄리아는 떠나온 홍콩을 떠올렸는지 몰랐다. 장은 이쯤에서 무슨 말을 해주고 싶었으나 마거릿이 쳐다보고 있어 입이 떨어지지 않았다.

"이제야 난 배우가 될 수 없다는 걸 깨달았어. 뉴욕이란 도시는 나 같은 동양인이 배우가 되기엔 힘든 곳이야. 뉴욕은 꿈을 꾸기엔 좋은 도시지만 꿈을 이루기엔 힘든 도시야. 그래서 말인데 나랑 홍콩 가지 않을래?"

"난 뉴욕이 좋아."

"불법체류인데도?"

장은 마거릿에게 들릴까 봐 작은 목소리로 말했다.

"이제 영주권 딸 거야. 나 미국 여자와 결혼해."

줄리아는 어떤 여자냐며 꼬치꼬치 캐물었다. 장은 마거릿이 신경 쓰여 서둘러 전화를 끊었다. 마거릿이 그 여자냐고 물었다. 아니라고 하자 마거릿은 켄트 하루프의 책을 던지고 침실로 들어갔다. 뼈다귀 인형을 물어뜯던 폴로가 뒤따라갔다. 이내 쾅, 하고 문이 닫혔다. 괜히 죄를 지은 것 같아 장은 침실 문을 열고 들어가 그 여자가 아니라고 말했다. 그제야 마거릿이 화가 풀려 안도하고 나가는데 데이지에게 문자가 왔다. 내용 확인도 않고 휴대폰을 주머니에 넣었으나 문자는 계속 왔다. 장은 엘리베이터를 타고 내려가 데이지의 집으로 뛰어갔다.

노천카페를 지나 아리랑까지 갔을 때 앞쪽에서 경찰차가 사이렌 소리를 울리며 왔다. 순간 가게 문을 열고 나오는 킴을 끌어안았다. 킴의 어깨 너머로 운전대를 잡고 있는 경찰관과 눈이 마주쳤다. 경찰관의 시선을 피해 킴의 어깨에 고개를 파묻었다. 오줌이 찔끔 나왔다.

"데이지가 찾아올까 봐 불안해 미치겠어."

경찰차가 지나간 후 장은 포옹을 풀었다.

"어제 데이지가 국밥 먹고 갔어. 내가 결혼식 증인으로 서냐고 묻더라고."

"결혼식 장소도 말한 거야?"

"내가 그 정도로 바보는 아냐."

장은 킴에게 데이지와 어떤 이야기를 나눴냐고 물었다. 킴은 별다른 이야기를 한 게 없다고 했다. 데이지를 만나러 갈 생각을 접고 마거릿의 집으로 가려는데 킴이 마이클에게 전화가 왔다고 했다.

"그래? 뭐라고?"

"똑같은 이야기지. 네가 자기를 버리고 가서 경찰관에 잡힌 거라고."

"너무 취해 둘러업고 갈 수 없었어. 마이클 덩치가 오죽 커. 네게 말했잖아. 데리고 나오려고 벨트까지 잡아당긴 거."

"네가 직접 전화로 이야기하지 그랬어. 수십 번 전화해도 안 받았다며?"

"내 탓을 할 것 같아서."

"그 자리에 나만 있었어도 일이 그렇게 되진 않았을 텐데. 마이클은 다시 뉴욕으로 오려고 별별 생각을 다 하나 봐. 한국 생활에 적응이 안 돼 자기 나라에서 이방인처럼 살고 있더라고. 마이클은 이곳에서 불법체류자로 산 날이 더 좋았대."

"이게 다 존 때문이야. 그나저나 그 놈은 왜 안 나타나는 건지."

킴이 가게로 들어가고 나서 장은 마이클을 떠올리며 마거릿의 집으로 걸어갔다. 마이클이 강제 추방된 후 매번 꿈에서 벨트를 잡아당기다 깨어났다. 벨트를 쓰레기통에 버려도 꿈은 주기적으로 계속됐다. 장은 전화를 걸어 그 밤의 상황을 말할까 하다 마거릿의 집을 지나쳤다. 마이클에게 전화하는 대신 존의 번호를 눌렀다. 이번에도 존은 전화를 받지 않았다.

"꼴이 그게 뭐야?"

신문가판대 앞쪽에 데이지가 서 있었다. 노인이 신문가판대 밖으로 고개를 내밀어 장을 쳐다보았다. 늘 길쭉한 컨테이너 박스 같은 신문가판대 안에 들어앉아 있어 노인은 상체만 있는 사람처럼 보였다.

"하룻밤 새 딴사람이 된 것 같아. 얼굴이 비쩍 말랐어. 면도는 왜 안 했어?"

데이지가 장을 빤히 쳐다보며 말했다. 장은 들은 척도 않고 간밤에 미셸은 무슨 일로 왔냐고 물었다.

"시애틀 가서 면접 봤는데 합격했대."

"우리는 이곳을 떠나고 싶지 않은데 이곳을 떠나고 싶은 사람도 있군."

"미셸은 학교 다닐 때부터 시애틀에서 일하고 싶어 했어. 근데 어디 갔다 오는 길이야? 나 보려고 나온 거야?"

"맞아. 그만 좀 문자 보내라고 말하러 왔어. 따라다니지도 말고."

데이지가 머리카락을 쥐어뜯으며 장을 쏘아보았다.

"알았어. 앞으론 문자도 안 보내고 네 뒤를 따라다니지도 않을 테니 맘대로 해. 마거릿과 결혼을 하든지 말든지 알아서 하라고."

그때 사이렌 소리가 났다. 소리가 점점 더 커지는데도 노천카페 있는 사람들은 아무렇지 않게 커피를 마시며 이야기를 나눴다. 장은 데이지의 손을 잡아끌고 아파트 출입문 안으로 들어갔다. 로비 안에서도 사이렌 소리가 들렸으나 안전하다는 생각이 들었다.

"로비가 참 근사하다. 도어맨도 있고. 네가 살고 싶어 했던 곳이네. 햇볕이 잘 드는 곳에서 살고 싶다고 했잖아."

데이지가 로비를 둘러보며 말했다.

"고층은 햇볕이 달라. 햇볕이 다르니까 생각도 달라지더라고."

"그래? 그렇구나……. 저 엘리베이터를 타고 올라가면 엠파이어 빌딩도 잘 보이겠네. 여기서 사니까 좋아?"

장은 아무런 말없이 창밖을 바라보았다. 경찰차가 지나가고 있었다. 사이렌 소리가 그치지 않았는데 데이지가 출입문을 밀고 나갔다. 조금 전과 달리 데이지는 기운이 없어 보였다. 장은 데이지를 잡지 않고 시야에서 사라질 때까지 바라보다 엘리베이터를 탔다.

엘리베이터 안에서 장은 여자를 안아주고 팁을 받은 날을 떠올렸다. 팁을 받은 돈으로 데이지와 라자냐연어구이를 먹으러 가는데 사이렌 소리가 들려 원래 가려던 레스토랑으로 가지 못하고 아무 가게나 들어갔다. 맨 구석자리에 앉아 가장 싼 피자를 시키고 사이렌 소리가 그치길 기다렸으나 십 분이 지나도 그치지 않았다.

"내 평생 사이렌 소리는 이곳에서 다 들어본 것 같아. 하루에도 몇 번씩 나니까. 뉴욕은 다 좋은데 저 소리는 싫어. 설마 우리 같은 사람들에게 불안감을 주려고 사이렌 소리를 울리며 다니진 않겠지?"

피자에 치즈 가루를 뿌려 먹으며 데이지가 말했다.

"그럴지도 모르지. 여긴 뉴욕이니까……. 다행인 건 경찰관은 동양인 여자에게 너그러워. 반면 동양인 남자한테는 너그럽지 않아. 그러니까 사이렌 소리가 나면 피해. 어디서 경찰관이 들이닥칠지 몰라. 길에서 경찰관과 맞부딪칠 땐 뉴요커처럼 행동하고.”

“뉴요커처럼?”

“그래, 뉴요커처럼.”

피자 두 판을 먹어도 사이렌 소리가 그치지 않았다. 데이지는 지루함을 참지 못하고 장의 손을 잡아 끌고 나갔다. 데이지는 레스토랑 옆에 있는 세븐일레븐에서 초콜릿을 두 봉지 사서 하나를 주었다. 초콜릿을 까먹고 데이지는 껍질을 버렸다. “날 따라해 봐, 뉴요커처럼.” 장이 따라하지 않자 데이지가 다시 초콜릿을 까먹고 껍질을 버렸다.

“네가 거리에 껍질을 버려도 아무도 신경 안 써. 서울이라고 착각하면 안 돼. 여긴 뉴욕이야. 뉴욕이라고.”

“그렇긴 하지만…….”

“해보라니까. 먹고 아무렇지 않게 툭 버리는 게 뉴요커야. 날 따라하면 진짜 뉴요커가 될 거야.”

장은 이해가 되지 않았으나 초콜릿을 까먹고 껍질을 버렸다. 바람을 타고 날아간 껍질이 바닥에 떨어져도 뒤따라오던 백인은 신경 쓰지 않았다. 순식간에 지나온 길에는 발자국처럼 껍질이 여기저기 남았다. 장은 초콜릿을 까먹는 대로 껍질을 버리며 횡단보도까지 갔다. 빨간불인데도 데이지는 횡단보도를 건너갔다. 주위에 있던 사람들 중 반은 걸어가고 있었고 반은 파란불이 켜지길 기다리고 있었다. 횡단보도 중간쯤에서 데이지가 발길을 돌려 다가오더니 장의 손을 잡아끌었다.

"뉴요커는 빨간불에도 걸어."

데이지에게 손을 잡힌 채 장은 횡단보도를 건너갔다. 차들은 경적을 울리지 않았고 한두 사람도 쭈뼛거리며 걸어갔다. 그때부터 장은 뉴요커처럼 빨간불인데도 신호등을 건넜다. 뉴요커처럼 일이 바쁘면 빨간불에도 걷는 게 실용적이라고 생각한 것이다.

"그 여자 만나고 왔어?"

현관문을 열고 들어가자 입에 담배를 물고 소파에 앉아 있던 마거릿이 물었다. 장은 결혼식 때 증인으로 설 친구를 만나고 왔다고 했다.

마거릿은 장을 지그시 쳐다보고는 담배 연기를 내뿜는 시늉을 했다. 순간 장의 얼굴을 향해 담배 연기를 내뿜던 흑인 여자가 떠올랐다. 마거릿은 담배를 휴지통에 버리고 무릎에 앉아있는 폴로의 엉덩이를 때렸다. 놀란 폴로가 바닥으로 뛰어내리더니 탁자에 있는 뼈다귀 인형을 물고 갔다.

"여기서 거래를 그만할까?"

마거릿의 저의를 알 수 없어 장은 한 발자국 앞으로 다가갔다.

"그게 무슨 소리예요. 베어 마운틴에서 결혼을 자축하며 미래를 약속했잖아요. 마거릿은 그곳에서 진짜 제 마음까지 안아줬잖아요? 근데 그만두자니요? 제가 잘못한 거라도……."

"그 여자 만나는 거 봤어."

"그 여자라뇨?"

"데이지 말이야."

장은 데이지를 만나지 않았다고 말했다. 빤히 장을 쳐다보는 마거릿의 입술 끝이 떨렸다.

"내가 창가에서 봤어."

"창가에서요? 그건 우연이에요."

"우연이라고?"

"그래요. 결혼식에 증인으로 설 친구 보고 오다 우연히 만난 거라고요."

"그 말을 믿으라고? 좋아, 믿을게. 간밤에 콜라 핑계 대고 그 여자 만나고 온 것도."

"그, 그건……."

장은 더는 말을 하지 못했다. 마거릿은 다시 담배를 꺼내 입에 물고 장의 마음을 꿰뚫듯 쳐다보았다.

"데이비드가 나와 결혼하려는 목적도 그 여자와 결혼하기 위해서겠지?"

아무리 머리를 굴려도 장은 마거릿을 이길 수 없다는 생각이 들었다. 하지만 마거릿 역시 자신을 이용한 건 마찬가지였다. 홀로 죽지 않기 위해 영주권을 미끼로 장을 붙잡아 둔 것이었다. 그러나 그게 무엇이든 간에 장은 한 발 물러날 수밖에 없었다. 여기서 포기하면 몇 달간 공들인 게 물거품이 될 게 뻔했기에 조금 전의 상황을 설명했다.

"창가에서 봤으면 알 거 아니에요. 지나가다 마주쳤다는 걸요."

소파에 엎드려 있던 폴로가 탁자 밑으로 슬금슬금 기어들어 갔다.

"내 말 못 알아들어. 그만하라고."

마거릿은 숨을 몰아쉬고는 당장 가방을 챙겨 나가라고 했다. 장은 이제껏 참았던 말을 쏟아냈다.

"마거릿도 저를 게리의 대용품으로 생각했잖아요? 언제 저를 데이비드로 봐줬나요? 크로넛을 먹을 때도 저를 게리로 봤고 잘 때도 게리로 봤잖아요. 크리스마스이브에 좋아하지 않는 허브와 칠면조구이를 먹인 것도 제게서 게리를 보기 위해서였잖아요. 그걸 알면서 저는 참았어요. 턱시도를 입혔을 땐 께름칙했지만 티 내지 않았어요. 그리고 말하고 싶지 않지만 섹스까지. 제가 할 수 있는 건 다 했다고요."

이제 장은 이전 시간으로 돌아가고 싶지 않았다. 과거가 아닌 미래로, 오늘이 아닌 내일로 나아가고 싶었다. 지금보다 좀 더 나은 삶을 살고 싶었다. 한국에서처럼 경찰관을 봐도 신경 쓰지 않고 거리를 돌아다니고 싶었다. 사이렌 소리에도 요의를 느끼지 않고 담담하게 거리를 걸어가고 싶었다. 큰 걸 바라는 게 아니라 한국에서처럼 기본적인 것을 누리며 살고 싶었다. 장은 마음을 가다듬고 마거릿을 설득하기로 했다. 어렵게 마거릿과의 밤을 통과해 온 것처럼 여기서도 그와 같은 시간을 또 한 번 통과해야 했다.

"이번에는 진짜 거래를 해요."

장은 마거릿의 손을 움켜잡았다. 마거릿이 장의 손을 떼어냈다.

"진짜 거래?"

"이제부터 진짜 사랑을 하자고요."

마거릿이 거부한다면 지금까지의 일이 모두 헛수고로 돌아가기 때문에 프러포즈를 할 때보다 떨리는 마음으로 대답을 기다렸다. 마거릿은 대답을 않고 필터를 씹었다. 다급해진 장이 말을 쏟아냈다.

"전 마거릿을 사랑하기로 했어요. 아, 말이 잘못 나왔어요. 사랑해요. 호숫가를 따라 걸으며 죽을 때까지 마거릿을 사랑하기로 마음먹었다고요."

마거릿의 눈빛이 살짝 흔들렸다. 얼굴에도 희미하게 미소가 어렸다. 그런데 장이 볼에 입을 맞추려 하자 고개를 돌렸다.

"다시는 데이지를 만나지 않을게요. 마거릿이 싫다면 우연히라도 마주치지 않을게요. 마거릿이 싫어하는 건 그 어떤 것도 하지 않을게요. 한 번만 더 기회를 줘요. 마거릿의 마음을 상하게 하는 일을 다시 하면 그땐 마거릿이 원하는 대로 할게요."

그제야 마거릿의 얼굴이 밝아졌다. 장이 끌어안아도 마거릿은 가만히 있었다. 안도의 숨을 내쉬며 그렇게 있는데 마거릿의 이마에 흘러내린 하얀 머리카락이 눈에 들어왔다. 장은 마거릿에게 염색을 해주겠다고 했다. 괜찮다고 했으나 못 들은 척 한인마트에 가서 염색약 두 개를 사 왔다.

상자를 풀어 설명서를 읽고 욕실로 들어가 마거릿을 플라스틱 의자에 앉혔다. 네모난 비닐을 꺼내 어깨에 씌우고 어느 걸로 할까 고민하다 검정색을 집었다. 스무 번 넘게 약통을 흔들고 나서 장은 손에 비닐장갑을 꼈다. 염색약을 짜서 머릿결을 따라 넘기자 빗에 쓸려 거품이 일어났다. 거품이 떨어지지 않도록 머리카락을 한쪽으로 쓸어 넘겼다.

얼마 안 있어 머리카락을 감싼 하얀 거품이 변해갔다. 이마로 흘러내리는 염색약을 휴지로 꾹꾹 눌러 닦고 다시 빗질을 했다. 숱이 없어 빗질할 곳은 많지 않았다. 귀밑까지 염색약을 바르고 나서 머리에 비닐봉지를 씌운 다음 염색이 되는 사이 하얀색 매니큐어를 손톱에 발라주었다.

십 분 후 머리에 씌운 비닐봉지를 벗기자 머리카락이 검게 바뀌어 있었다. 장은 마거릿에게 고개를 앞으로 내밀라 하고는 샤워기를 머리에 갖다 댔다. 머리에서 떨어진 물이 타일 바닥을 적시고 배수구 구멍으로 들어갔다. 몇 번 물을 뿌려 염색약을 빼내고 샴푸를 짜 머리를 감겨준 뒤 이마와 귀밑에 묻은 얼룩을 문질렀다.

"색깔이 이게 뭐야?"

마거릿이 욕실 거울에 얼굴을 비추며 화를 냈다.

"난 백인이라 검은색은 안 어울려."

백인 타령에 짜증이 났지만 검은 머리가 젊어 보인다고 말했다. 마거릿은 고개를 갸웃거리더니 머리숱이 많아 보인다며 좋아했다.

마거릿이 욕실을 나간 후 장은 갈색 염색약을 빗에 짜서 머리 왼쪽부터 발랐다. 잘 보이지 않는 귀밑 쪽도 주의를 기울였다. 머리 오른쪽에도 골고루 염색약을 발랐다. 그리고 뺨에 묻은 얼룩을 화장지로 닦고 빗질을 했다. 염색이 되는 동안 게리의 이름도 귀에 익숙해지도록 불러보았다. 십여 분 만에 머리를 감고 거울 앞에 섰다. 머리카락이 갈색인 한 남자가 거울 속에 서 있었다. 머리카락 색깔이 마음에 들지 않았지만 헤어드라이어로 말리고 욕실을 나갔다.

"어때요?"

마거릿은 장을 위아래로 훑어보았다. 마거릿의 입가에 미소가 어렸다.

"젊을 적 게리 같아. 수염만 조금 더 기르면. 잠깐만……."

마거릿이 침실로 들어가더니 안경을 하나 꺼내와 장의 얼굴에 씌워주었다.

"완벽해."

안경 도수가 있어 눈앞이 흐릿하고 머리가 어지러웠으나 장은 환하게 웃었다. 마거릿은 한술 더 떠 옷장 속에서 게리의 줄무늬 바지와 재킷을 꺼내 주었다. 장은 거절하지 않고 그것을 입었다. 바지는 커서 한 뼘 접었고 소매도 한 뼘 접었으나 꽤 어울렸다. 안경과 바지와 재킷이 어딘지 모르게 백인으로 보이게 만들었다.

"제가 마거릿을 위해 게리가 되어줄게요."

"정말?"

마거릿이 환호성을 질렀다.

"그럼요. 오늘부터 저를 게리로 불러주세요."

"고마워. 데이비드. 아니, 고마워, 게리."

장은 이제부터 진짜 게리가 되기로 했다. 마거릿이 완전하게 자신을 믿게 하려면 게리가 되는 방법밖에 없었다. 완전하게 타인이 되어 타인을 사랑하는 것. 마거릿이 살아있는 동안만 게리가 되었다가 마거릿의 죽음과 함께 게리에서 벗어나면 됐다.

오후 세 시가 됐을 때 초인종이 울렸다. 마거릿의 친구들을 본다는 생각에 장은 웨딩숍을 다녀오고도 믿어지지 않던 결혼이 비로소 실감 났다. 마거릿의 친구들에게 잘 보이기 위해 현관으로 달려가 문을 열어주었다. 그런데 택배 기사가 마거릿이 주문한 수프 상자를 덥석 안겨주었다. 수프 상자를 받아 들고 문을 닫으려는데 파인애플을 든 여자가 보였다. 주방에서 베이글을 굽던 마거릿이 여자를 보고 손을 흔들었다. "다이애나 어서 와."

틀어 올린 머리에 생화를 꽂아 다이애나의 얼굴에는 생기가 돌았다. 다이애나의 한 손에는 파인애플이 들려 있었고 다른 손에는 켄트 하루프의 소설책이 들려 있었다. 장은 다이애나에게 인사를 하고 마거릿에게 수프 상자를 갖다 줬다. 마거릿이 수프 상자를 싱크대 옆에 놓고 다이애나에게 장을 소개시켰다.

"결혼할 남자야."

"어떻게 된 거야? 게리랑 똑 닮았잖아?"

마거릿은 듣기 좋은지 미소를 지었다.

"같은 남자랑 두 번 결혼하는 기분이야."

다이애나는 결혼을 축하한다며 장을 끌어안았다. 마거릿의 머리칼을 보고는 피부색과 어울린다고 했다. 두 사람이 이야기할 수 있도록 자리를 피했는데 또 초인종이 울려 장은 현관문을 열어주었다. 마거릿이 현관으로 들어오는 여자에게 손을 흔들었다. "오, 휘트니."

휘트니는 청바지에 코트를 입고 있었다. 청바지 때문에 휘트니는 60대 초반으로 보였다. 뒤이어 별 모양의 커다란 귀걸이를 하고 요란하게 치장을 한 그레이스가 한 손엔 핸드백을 들고 한 손엔 소설책을 들고 왔다. 그레이스는 마거릿의 머리색을 보고 호들갑을 떨었다. 데이비드의 머리색이 바뀐 걸 보고는 죽은 게리가 살아왔다고 했다. 장은 눈앞이 어지러워 안경을 벗어 주머니에 넣고 옷매무새를 고쳤다. 조금씩 노력하다 보면 게리가 될 수 있었다.

소파 맨 왼쪽에는 다이애나가 앉았고 그 옆에는 휘트니가 앉았고 그 옆에는 그레이스가 앉았다. 그녀들이 똑같은 소설책을 무릎 위에 나란히 올려놓았을 때 올리버가 꽃다발을 들고 들어와 마거릿에게 주었다.

"난 저 두 사람이 결혼할 줄 알았어. 독서모임 할 때마다 올리버가 마거릿한테 눈길 주는 거 봤거든."

그레이스는 마거릿과 결혼할 사람은 올리버가 아니라면서 장을 가리켰다. 휘트니는 탄성을 지르며 나이 차에 놀라지 않고 동양인과 서양인의 정서에 대해 걱정을 했다. 사탕을 까먹고 호기심 어린 눈으로 휘트니는 장에게 무슨 일을 하냐고 물었다.

"데이비드는 스너글러야."

켄트 하루프의 소설책을 뒤적이던 그레이스가 말했다.

"그게 뭔데?"

다이애나가 물었다.

"돈 받고 여자를 안아주는 남자."

"그럼 마거릿이 돈 주고 데이비드를 불렀단 말이야?"

"그렇다니까."

그녀들은 탄성을 지르며 서로의 얼굴을 바라보았다. 브라이언이 한인사회를 뒤져 장의 직업을 알아낸 게 아니라 그레이스에게 알아낸 게 분명했다. 뒤늦게 그레이스가 사태를 수습하려고 했지만 그녀들은 계속 눈짓을 주고받았다. 마치 알몸으로 그녀들 앞에 서 있는 것 같아 장은 얼굴이 달아올랐다.

"스너글러를 가까이서 볼 줄이야. 마거릿의 이야기가 오늘

토론할 소설 같네. 루이스를 찾아가 밤에 같이 자줄 수 있냐고 묻는 애디 같다고."

휘트니는 연신 탄성을 지르며 호들갑을 떨었다. 그레이스가 박수를 치면서 동의를 표했다.

"실은 나도 스너글러를 불러 봤어."

그녀들이 그레이스 쪽으로 몸을 틀어 정말이냐고 물었다. 그레이스는 어깨를 우쭐하며 자랑을 했다.

"조각상처럼 잘 생긴 삼십 대 백인 스너글러였어. 남자는 나를 보더니 당황했어. 나이를 말하지 않았거든. 돈을 받고 하니까 당연히 나 같은 여자도 안아줄 줄 알았는데 남자는 단호하게 거절했어. 돈을 더 준다고 해도 절대 늙은 여자는 못 안겠다고."

"아쉬웠겠다."

휘트니가 울 듯한 표정을 지었다.

"애인한테 차인 기분이었어."

"그 후 부른 적은 없고?"

"또 거절당할까 봐 어떻게 불러. 노인네 스너글러가 있는 것도 아니고. 그러다 이 소설을 읽고 위안을 받았어. 난 소설이 아닌, 스너글러도 아닌, 현재 내가 사는 주변에서 남자를 찾았거든."

"누군데?"

"올리버. 스너글러처럼 내 몸만 안아주는 게 아니라 난 내 마음까지 안아줄 수 있는 남자를 원하거든."

그녀들은 동시에 까르르 웃었다. 다이애나는 요즘 이가 좋지 않아 치과에 다닌다는 이야기를 했고, 치과에 다녀오면 자지 못하고 밤을 새운다고 했다. 치통만큼 고통스럽고 외로운 게 없다면서 뺨을 어루만졌다.

"젊었을 땐 밤이 낭만적이었지만 늙으니까 두려워. 죽음의 전조단계 같아. 밤을 걸어가면 그 끝에 죽음이 기다리고 있을 것 같아. 그러니 잠이 올 턱이 있나. 밤을 지내고 나면 또 하루를 살았구나 하는 생각이 들어."

"나도 그런데."

"나도."

"근데 스너글러는 돈을 많이 줘도 우리 같이 늙은 여자는 안아주기 싫겠지?"

휘트니가 다시 스너글러 이야기를 꺼냈다.

"그렇다면 뭐가 좋아 데이비드는 마거릿에게 갔을까? 마거릿에겐 우리와 다른 특별한 게 있는 걸까?"

"그러게 말이야. 대체 그게 뭘까?"

이야기가 이상한 방향으로 흘러 이제 장은 스너글러 일을 하지 않는다는 말을 하고 싶었으나 그런다고 달라질 게 없어 주방으로 피했다. 주방까지 들리는 이야기를 애써 무시하며 마거릿을 도와 커피를 내리고 파인애플을 깎아 접시에 담았다. 검게 탄 베이글도 먹기 좋게 가위로 잘라 포크와 함께 거실 탁자에 갖다 놓았다. 커피 잔까지 놓이자 그레이스는 탁자가 좁다며 화병을 내려놓았다.

음식 준비를 마친 마거릿이 소파에 앉은 후 장은 식탁 의자를 가져다 옆에 놓고 앉았다. 마거릿이 탁자 가운데 있는 접시를 치우고 화병을 올려놓았다. 그레이스가 탁자가 좁으니 내려놓으라고 해도 듣지 않았다.

"이건 프러포즈 받은 꽃이야."

그녀들이 동시에 탄성을 질렀다. 마거릿은 결혼에 있어 스너글러라는 건 중요하지 않다면서 데이비드를 소개했다. 장은 의자에서 일어나 데이비드 장입니다, 하고 인사를 했다.

"저 옷 어디서 많이 본 것 같은데."

그레이스가 말했다.

"게리 옷 아냐?"

다이애나가 물었다.

"맞아. 내가 입혀줬어. 좀 크지만."

그녀들이 옷이 어울린다고 하자 마거릿은 흐뭇한 표정으로 켄트 하루프의 책을 펴서 무릎 위에 올려놓았다. 마거릿은 그녀들과 일일이 눈을 맞추며 책을 읽었냐고 묻고 올리버에게도 똑같이 질문을 했다.

"책을 다 읽으면 마거릿의 집을 노크할까 봐 읽다 말았다오."

그레이스의 얼굴이 일그러지는 걸 보고도 올리버는 말을 이어갔다.

"그 정도로 내 마음을 움직인 소설이오. 분명한 건 이 책이 내게 사랑의 불씨를 살려주었소. 이 나이에도 사랑을 시작할 수 있게 나를 바꿔놓았다오."

비로소 그레이스가 웃으며 맞장구를 쳤다.

"나도 이 책 읽고 올리버와 같은 생각했는데."

"이 책을 읽는 동안 난 설레는 밤을 보냈지. 소설이 내게 설레는 밤을 안겨준 건 처음이야."

휘트니는 무릎에 놓은 책을 가슴에 끌어안고 상체를 흔들었다.

"나도 그랬는데."

"나도."

그녀들이 일제히 소설책을 가슴에 끌어안으며 맞장구를 쳤다.

"소설은 늘 가짜라고만 생각했는데 이건 진짜였어."

"맞아, 맞아."

"올 겨울은 이 소설만 껴안고 자도 따뜻할 거 같아. 남자보다 소설이 따뜻할 수 있다니.”

휘트니가 소설책에 키스를 퍼부으며 말했다. 장은 마거릿 앞에 있는 책을 펴서 작가의 얼굴을 봤다. 머리카락이 하얗고 평범한 얼굴의 백인 남자였다. 장도 그녀들처럼 책을 가슴에 끌어안고 올리버를 바라보았다. 올리버는 책의 내용을 음미하는지 지그시 눈을 감았다.

마거릿은 독서토론을 하기 전에 차린 음식을 먹자고 했다. 음식이 들어가자 소란스러워졌다. 파인애플이 달지 않고 시다느니, 베이글이 검게 타서 맛이 없다느니, 커피가 너무 진하다며 시시콜콜 평을 했다. 그릇이 반쯤 비워졌을 때 마거릿이 돋보기안경을 꺼내 쓰고 소설에서 인상 깊었던 문장을 읽었다.

이어 다이애나가 소설책을 뒤적여 책갈피가 끼워진 곳을 읽었고 바로 휘트니가 읽었다. 휘트니가 서너 문장을 읽었을 때 마거릿이 손으로 입을 틀어막고 욕실로 들어갔다. “임신했나?” 휘트니의 농담에 그녀들은 까르르 웃었다. 이야기가 마거릿에게 집중되자 그레이스는 요양병원에 간 새디를 위해 기도하자며 화제를 돌렸다.

그녀들은 두 손을 모으고 중얼중얼 기도했다. 같이 자주 모이다 보면 닮아가는 것인지 그녀들은 무슨 행동을 할 때 똑같이 했다. 손가락에 침을 발라 책장을 넘기거나, 음식을 오물오물 씹는다거나, 책을 볼 때 손가방에서 돋보기안경을 꺼내 보는 모습이 비슷했다. 다이애나가 기도를 끝냈을 때 마거릿이 욕실 문을 밀고 나왔다. 장은 손을 떠는 마거릿을 소파에 앉힌 후 폴로를 품에 안겨주었다. 그레이스는 마거릿의 몸이 좋지 않은 걸 알고 독서토론 대신 결혼 이야기나 하자고 했다.

"내 생각에는 최소 두 번은 결혼해야 할 것 같아."

"맞아. 한 남자만 보고 사는 건 너무 안타깝잖아."

"하긴 한 남자하고 평생 사는 여자 보면 신기하더라."

"난 남자라면 다 좋아. 동양인도 좋고 서양인도 좋고 백인도 좋고 흑인도 좋고. 스너글러도 받아줄 수 있어."

그녀들이 동시에 까르르 웃었다. 다이애나는 마거릿에게 결혼에 대한 생각을 물었다. 마거릿은 안경을 벗어 탁자 밑에 놓고 폴로의 등을 쓰다듬으며 말했다.

"결혼이란 내 외로움을 상대가 안아주는 게 아닐까. 그리고 상대의 외로움을 내가 안아주는 것. 그래서 말인데 결혼은 세 번쯤 하는 게 좋을 것 같아."

"세 번?"

그녀들이 동시에 마거릿을 쳐다보았다.

"그래, 세 번. 세 번째 결혼은 황혼에 하는 거야, 나처럼. 황혼의 외로움을 결혼이 아니면 무엇으로 채우겠어. 늙고 차가운

몸뚱어리를 무엇으로 채우겠냐고."

그녀들이 부러운 눈빛으로 마거릿을 쳐다보는 사이 장은 커피 잔을 든 채 딴 생각에 빠진 올리버를 응시했다. 이때가 기회다 싶어 그레이스에게 올리버 옆으로 붙어 앉으라고 고갯짓을 했다. 그레이스가 엉덩이를 들어 옆으로 붙어 앉는 순간 접시에 담긴 파인애플을 밀어주는 척 올리버의 팔꿈치를 쳤다. 올리버의 잔에서 커피가 넘쳐 셔츠와 바지에 쏟아졌다. 그레이스가 어쩔 줄 몰라 하는 올리버를 일으켜 세워 욕실로 들어갔다. 한참 후 두 사람은 욕실에서 나왔다. 올리버는 장의 가운을 걸치고 있었고 그레이스 손에는 와이셔츠와 바지가 들려 있었다. 그레이스와 올리버는 소파에 앉지 않고 나란히 휘트니 옆에 섰다.

"오늘 독서모임은 이걸로 끝낼까."

마거릿이 눈으로 두 사람을 가리켰다. 휘트니도 수긍을 하고 다음에 읽을 소설은 정했냐고 물었다. 마거릿이 이창래의 소설을 집어 그녀들에게 보여주었다.

"나 그 소설 알아. 내 아들이 이 작가가 있는 프린스턴대에 다녔잖아. 이 작가한테 사인도 받아다 준 걸."

다이애나가 말했다. 마거릿은 다음 독서모임에 읽을 책은 이창래의 『네이티브 스피커』로 정했다며 장이 새 회원으로 들어온다고 덧붙였다. 그녀들이 일제히 박수를 치며 서로 눈빛을

교환했다.

"우리 애인은 소설을 쓴대."

마거릿이 자랑을 하며 어깨를 으쓱했다. 순간 장은 얼굴이 달아올랐다.

"미래의 소설가를 여기서 만나다니. 분위기가 남다르다 했더니 소설 때문이었어. 우리 악수 한번 해요. 손도 이쁘게 생겼네."

휘트니가 장의 손을 잡고 흔들면서 어떤 소설을 쓰냐고 물었다. 마거릿과의 이야기를 소설로 쓸 계획이라고 하자 그레이스가 끼어들었다.

"나도 소설 속에 넣어줘. 내가 매일 마거릿의 집에 놀러 오잖아. 필요한 물건도 사다 주고 같이 밥도 먹어주고."

휘트니는 독서모임도 소설에 써달라면서 필요하면 자신의 이름을 사용해도 된다고 했다. 뚱뚱하게 묘사하지 말고 늘씬한 몸으로 묘사해 달라는 말도 잊지 않았다. 나중에 장의 소설로 독서모임을 하자면서 휘트니는 한껏 기분에 들떠 말했다.

"부케는 누가 받지?"

다이애나가 그녀들을 일일이 쳐다보며 말했다. 그때 그레이스가 어깨 위로 손을 들어 올렸다.

"또 하려고?"

마거릿이 그레이스를 쏘아보았다.

"또 하면 안 돼?"

"그건 아니지만."

"그럼 지금 부케 받는 연습하자."

그레이스는 손에 들고 있던 와이셔츠와 바지를 올리버에게 주었다. 장은 부케 받는 연습을 하기 위해 뼈다귀 인형을 마거릿에게 주고 여섯 걸음 거리에 그레이스를 세웠다. 마거릿은 폴로를 내려놓고 그레이스와 반대편 방향으로 가서 머리 뒤로 뼈다귀 인형을 던졌다. 공중을 날아간 뼈다귀 인형은 천장의 등을 때리고 종이 상자 옆에 떨어졌다. 폴로가 달려가 뼈다귀 인형을 물어 마거릿 앞에 갖다 놓았다. 마거릿이 다시 뼈다귀 인형을 던지자 다이애나 쪽으로 떨어졌다. 장은 안 되겠다 싶어 서로 마주 보고 던지라고 했다.

마거릿은 몸을 돌려 그레이스와 마주 선 상태에서 뼈다귀 인형을 던졌다. 뼈다귀 인형은 현관문 앞에 떨어졌다. 장은 두 사람에게 한 발씩 더 앞으로 오게 했다. 하나, 둘, 셋, 하고 마거릿이 뼈다귀 인형을 던졌다. 주방 쪽으로 날아가는 뼈다귀 인형을 그레이스가 손을 뻗어 잡았다. 그레이스는 뼈다귀 인형을 가슴에 안고 올리버 옆으로 가서 팔짱을 꼈다.

"부케를 받았으니 결혼할 일만 남았네."

"이번이 일곱 번째지?"

휘트니의 물음에 그레이스는 여섯 번째라고 했다. 휘트니는 손가락으로 세면서 남자의 이름을 불렀다.

"폴, 제임스, 조지, 제이슨……. 또 누가 있지."

휘트니는 남자 이름을 말하다 그레이스 눈치를 보고 입을 다물었다. 그레이스는 헛기침을 하더니 책을 가슴에 끌어안았다.

"올 겨울은 춥지 않겠어. 추운 밤에는 섹스를 하면 되니까. 젊었을 때처럼 화끈하고 진한 섹스가 아닌 서로의 몸을 데워줄 수 있는 그런 섹스 말이야. 안고만 있어도 되고."

마거릿이 고개를 끄덕이며 폴로를 불렀다. 폴로는 잽싸게 마거릿의 품속으로 뛰어들었다. 장은 폴로의 등을 어루만지는 마거릿을 바라보았다. 노인이 되면 욕망이 완전히 소멸되어 평온한 감정 상태에 이른다고 생각했는데 그게 아니었다. 어쩌면 욕망이라는 건 죽을 때까지 한 사람을 살아있게 해주는 것인지 몰랐다. 장은 마거릿이 몸을 기댈 수 있도록 옆으로 의자를 끌어당겨 앉았다. 마거릿이 장의 어깨에 머리를 기댔다.

독서모임은 일곱 시가 넘어 끝났다. 다이애나가 결혼 증인으로 서겠다고 실랑이를 벌였지만 그레이스로 결정된 게 바뀌지는 않았다. 그레이스와 올리버가 서둘러 나간 뒤에 그녀들이 성당에서 보자며 현관문을 나갔다.

장은 소파를 정리하고 의자를 식탁에 갖다 놓았다. 그리고 줄무늬 바지와 재킷을 벗어 옷장에 넣고 주방으로 가서 설거지를 한 뒤 키친타월로 싱크대를 닦았다. 로봇청소기까지 돌려 거실을 청소하고 장은 침실로 들어갔다. 스탠드를 끄고 침대에 눕는데 폴로가 배변판에 깔아놓은 패드에 오줌을 싼 후 그것을 밟고 걸어 다녔다.

장은 침대에서 일어나 바닥에 노랗게 찍힌 오줌 자국을 닦고 방향제를 뿌렸다. 그러고 나서 폴로를 안고 화장실로 들어가 애완견 샴푸를 짜서 발을 씻겼다. 폴로의 몸은 앙상했고 피부 곳곳엔 검은 반점이 있었다. 습진이 생기지 않게 헤어드라이어로 발가락 사이사이를 말려주고 빗질도 해줬다. 기분이 좋아진 폴로가 침실을 뛰어다니다 나가려고 문을 긁었다. 문을 열어주자 폴로는 현관문을 열고 들어오는 브라이언에게 달려갔다. 브라이언은 양손에 든 캐리어를 장이 있는 쪽으로 내팽개쳤다.

"내가 널 이 집에서 쫓아낼 거야."

6

밤새 잠을 설친 장은 욕실에 들어가 거울을 봤다. 뾰족뾰족 자란 수염 때문에 얼굴이 까칠해 보여 면도를 하려다 마거릿의 말이 떠올라 하지 않았다. 완벽한 게리가 되려면 수염을 더 길러야 했다. 욕실을 나와 장은 침실로 들어갔다. 마거릿이 등을 긁으려고 힘겹게 손을 뻗었지만 닿지 않았다.

마거릿의 등을 긁어주고 장은 같이 한인마트에 갔다. 마트 입구에 세워둔 카트를 밀고 마거릿과 상품 진열대 사이로 들어갔다. 뒷바퀴가 깨져 잘 굴러가지 않았으나 바꾸는 게 귀찮아 두 손에 힘을 줘서 밀었다. 맨 처음 진열대에는 비스킷과 과자가 칸칸이 있었고 두 번째 진열대에는 사탕과 파이가 있었다. 마거릿은 진열대에 있는 사탕을 집더니 손을 떨었다. 다른 사람이 이상하게 볼까 봐 얼른 팔짱을 끼고 마거릿이 집은 사탕을 카트에 넣었다.

"제가 옆에 있으니 걱정 마세요."

카트를 밀고 장은 야채 코너로 갔다. 오이는 하나에 1달러였고 파프리카는 1파운드당 3달러 99센트였다. 애호박은 1달러 22센트였고 콩나물은 4달러 11센트였다. 가격표를 보면서도 브라이언이 신경 쓰여 빨리 물건을 사서 가려고 카트를 밀다 컵라면을 고르는 존을 보았다. 카트를 마거릿에게 떠넘기고 존에게 다가가 어깨를 쳤다. 존이 손에 쥔 컵라면을 떨어뜨렸다. 컵라면을 주우려는 존의 멱살을 잡았다.

"어디 숨었다 이제 나타난 거야?"

존은 세차게 장의 손을 쳐냈다. 장을 피해가려다 포기하고 존은 미소를 지었다.

"오랜만이야. 반가워."

"반갑다는 놈이 전화를 씹어?"

장이 한 발 앞으로 가자 존이 한 발 뒤로 물러났다.

"통신요금을 못 내 전화가 끊겼어."

장은 주머니에서 휴대폰을 꺼내 존의 번호를 눌렀다. 조금 후 존의 바지 주머니에서 벨소리가 났다. 황급히 존은 주머니에 손을 넣어 휴대폰을 껐다.

"여기 오기 전 전화요금 내서 겨우 연결한 거야."

"웃기는 소리 작작해. 왜 날 경찰에 신고했어?"

"무슨 소리야? 널 신고하다니?"

존은 두 손을 내저었다.

"300달러 빌려주지 않아 신고한 거야?"

"신고 안 했다니까?"

"네가 신고를 안 했으면 어떻게 경찰관이 데이지 집을 찾아와? 데이지 집을 아는 건 너밖에 없는데?"

장은 멱살을 한 번 더 틀어잡았다. 존의 얼굴이 터질 듯 벌게지면서 기침을 했다. 존은 장의 손을 떼어내고 욕을 하더니 자신이 경찰에 신고했다고 자백했다.

"너 같은 불법체류자가 있는 것만으로 난 불안하거든. 자칫 하다 나까지 붙잡힐 수 있으니까."

"그게 이유야?"

"또 다른 이유가 있어야 해?"

"내가 300달러를 빌려주지 않는 것만 빼면 잘못한 것도 없잖아?"

존이 피식 웃고 장을 쏘아보았다.

"이유가 알고 싶어? 그럼 이야기해 주지. 내가 대학 때부터 데이지 좋아했어."

"뭐야?"

"놀라는 거 보니 데이지가 말 안 했나 보네. 물론 데이지는 내 고백을 받아주지 않았지만."

장은 주먹을 움켜쥐고 존 앞으로 한 발 다가갔다. 존은 뒤로 물러나지 않았다.

"난 네가 강제 추방당하면 데이지와 다시 시작하려고 했어. 내가 불법체류자만 안 됐어도 어떻게든 데이지를 내 여자로 만들었을 거야. 하지만 난 집에서도 학교에서도 죽도록 운이 없는 놈이었지."

"말도 안 되는 소리 작작해. 자신이 좋아한 여자를 경찰에 신고한다는 게 말이 돼?"

존이 가소롭다는 표정으로 웃었다.

"난 그날 네가 데이지를 바래다주고 집으로 갈 줄 알았어. 근데 한참이 있어도 나오지 않아 그사이 내 맘이 변한 거지. 이참에 내 마음을 받아주지 않은 데이지까지 강제 추방당하는 걸 보고 싶었어. 눈앞에서 안 보이면 마음이 멀어질 테니까."

"뭐야?"

장은 어이가 없어 목소리를 높였다.

"마이클을 경찰에 신고한 게 사무엘이라고 뒤집어씌워 놓고 그것도 모자라 사무엘까지 신고한 게 네놈인 걸 모를 줄 알고?"

존은 입꼬리를 말아 올리더니 바닥에 침을 뱉었다.

"맞아. 두 사람을 신고한 것도 나야. 너희들 셋이 뭉쳐 다니는 게 꼴 보기 싫었거든."

"네놈이 내 인생을 망쳐놓았어."

"내가 네 인생을 망쳤다고? 말은 제대로 하자. 네가 내 인생을 망쳤지. 아니, 정확히 말하면 네가 데이지 인생을 망쳤지. 너 살리려고 데이지가 창문 밖으로 뛰어내린 거 아냐? 그런 데이지를 버리고 늙은 여자와 결혼한다며?"

"네가 그걸 어떻게……."

"알고 싶어? 그건 됐고……. 마이클한테 여자 꼬시는 법을 제대로 배운 것 같군. 저 늙은 여자가 너와 결혼할 사람인가?

가서 인사 해야겠네."

존은 손을 탁탁 터는 시늉을 하더니 물건을 고르고 있는 마거릿에게 걸어갔다. 어딜 가냐며 옷소매를 비틀어 잡자 존이 세차게 뿌리쳤다.

"너무하는군. 마이클은 결혼한다고 우리를 불러 술도 샀는데 넌 뭐야. 최소한 인사라도 시켜야 하는 거 아냐. 내가 결혼식 증인으로 서줄 수 있는데?"

장은 주먹으로 존의 얼굴을 쳤다. 존은 힘없이 바닥에 쓰러졌다. 바닥을 짚고 일어난 존은 찌그러진 컵라면을 주워 들고 마거릿에게 걸어갔다. 장은 존의 목덜미를 잡아끌어 패대기쳤다. 존은 욕을 하면서 일어나 침을 뱉고 손에 든 컵라면을 던졌다. 점원이 다가와 여기서 싸우면 경찰을 부르겠다고 했다. 장은 점원을 진정시키고는 더는 싸우지 않겠다고 한 다음 존에게 경고했다.

"앞으로 내 앞에 나타나면 널 신고할 거야. 네가 마이클과 사무엘에게 한 것처럼 너도 똑같이 당해봐."

존은 욕설을 퍼부으면서 마트를 나갔다. 장은 컵라면을 주워 제자리에 놓고 마거릿에게 갔다. 그사이 카트에는 물건들이 꽤 쌓여 있었다. 장은 계산을 끝낸 물건을 종이봉투에 담아 양쪽 가슴에 끼고 마트를 나갔다. 마거릿이 싸운 남자는 누구냐고 물었다.

"저를 경찰에 신고한 놈이에요. 저놈을 잡으려 했지만 이미 살던 집에서 이사를 간 후였어요. 전화를 해도 받지 않았고요. 그런데 여기서 만난 거죠."

"이젠 친구는 잊고 살던 집에 가볼까. 이 근처라고 했잖아?"

장은 고려서적 앞까지 가서 마거릿을 데리고 집으로 갔다. 방문을 열자 퀴퀴한 냄새가 났다. 마거릿은 주변을 둘러보고 방 안으로 들어갔다.

"이렇게 가까운 곳에 살았다니. 저 창문 좀 봐."

마거릿은 신기하다는 표정으로 창문을 바라보았다. 장은 종이봉투를 내려놓고 창문가로 다가갔다.

"그 창문으로는 어둠만 들어와요. 낮에도 이곳은 불을 켜고 살아야 할 정도로 어두워요. 그래서 전 높은 곳에서 살고 싶었죠. 뉴욕의 빌딩은 마치 빽빽하게 심어놓은 나무들 같아 아래층은 햇볕이 들어오지 않잖아요. 그래서 마거릿의 집에 갈 때마다 햇볕이 들어와 좋았어요."

창문 너머 맞은편 건물의 벽이 보였다. 벽과 벽 사이에는 종이컵이나 햄버거 조각이 담배꽁초와 뒤엉켜 있었다. 마거릿은 창틀에 세워놓은 엠파이어 빌딩 조형물을 만지다 제자리에 놓았다.

"내가 이 집에 온 이야기도 써줘. 이런 소소한 장면까지 잡아 주면 근사한 뉴욕 소설이 탄생할 거야. 불법체류자인 서른아홉 살 남자가 일흔세 살의 여자한테 결혼 거래를 하는 이야기를 첫 장면으로 써봐. 혼자 죽는 게 두려워 남자의 거래를 받아들이는 내 마음도. 그런 소설을 쓰면 난 죽어도 소설 속에서 사는 거잖아. 소설 속에서라도 영원히 살고 싶어."

들뜬 기분을 깨뜨리고 싶지 않아 장은 이 장면도 소설에 쓰겠다고 했다. 그런데 그 말을 하고 나서 난생 처음 소설을 쓰고 싶다는 생각이 들었다. 마거릿이 장을 위해 결혼해 준 것처럼 장도 마거릿을 위해 소설 속에서 영원히 살게 해주고 싶었다.

"이 방보다 조금 큰 곳에서 첫 번째 남편이 헤어숍을 한 적 있었어. 그곳에도 이만한 창문이 있었어. 열면 밖은 보이지 않고 옆 건물 벽이 보이는 창문이었지. 그 가게 벽면에는 푸르고 고요한 북극 바다 그림이 걸려 있었지. 가끔 그 그림이 떠올라. 그림을 보고 있으면 내가 북극 바다에 누워 있는 것 같거든. 그 그림은 그가 헤어숍을 정리하면서 알래스카로 갖고 갔어. 알래스카 가봤어?"

장은 고개를 저었다.

"결혼하면 우리 알래스카 가자. 그 사람이 있어 가고 싶지 않았는데 북극 바다가 보고 싶어졌어. 아무도 없는 그곳에서 같이 북극 바다를 보고 싶어. 고요한 북극 바다에 같이 누워 있고 싶어."

"전 알래스카를 떠올리면 얼음과 눈으로 뒤덮인 북극이 떠올라요. 황량하고 끝이 없는 곳……. 살기엔 너무 외로울 것 같지만 마거릿과 함께라면 갈 수 있어요."

"알래스카로 둘이 가는 장면도 쓰면 좋겠네. 그리고 첫 번째 남편 이야기도 쓰면 리얼리티가 살겠지."

마거릿은 포스트잇 옆에 붙어 있는 장의 사진을 떼어 주머니에 넣고 나가면서 침대 옆에 처박힌 귀마개를 밟았다. 장은 경찰관이 귀마개를 주워준 기억이 떠올라 발로 찬 후 종이봉투를 들고 나갔다. 삐져나온 대파가 자꾸 턱을 찔러 오큘러스 플라워 앞에서 종이봉투를 바꿔들었다. 프러포즈할 때 산 꽃다발과 똑같은 게 창가에 놓인 걸 보고 마거릿이 웃었다.

"커피 마시고 갈까? 게리."

"게리요?"

"그래. 게리."

마거릿이 노천카페를 가리켰다. 뒤늦게 장은 마거릿이 자신을 게리라고 부른 걸 알고 고개를 끄덕였다.

"좋아요."

장은 종이봉투를 노천에 있는 테이블에 내려놓고 커피 두 잔을 사 들고 나와 의자에 앉았다. 마거릿 뒤로 앉은 백인 남자는 혼자 커피를 마시며 뉴욕타임스를 읽고 있었다. 장은 잔을 들어 입가에 갖다 댔다. 커피 향기가 코로 스며들었다. 커피를 한 모금 마시고 신문가판대로 가서 뉴욕타임스를 하나 사 들고 왔다.

"노천카페에서 커피를 마시며 뉴욕타임스를 읽는 뉴요커를 보면 부러웠어요. 그래서 전 이곳을 지나갈 때마다 커피를 마시는 뉴요커를 바라봤죠. 마거릿은 이런 기분 모를 거예요."

마거릿이 피식 웃었다. 장은 커피 향을 음미하고 또 한 모금 마셨다.

"제가 생각한 뉴요커는 백인이었어요. 노천카페에 앉아 우아하게 커피를 마시는 백인에게선 여유가 느껴졌죠. 저와 같은 동양인을 보고 우아하게 느낀 적은 없어요. 그들은 언제나 초조하고 급해 보였어요. 오 분 만에 커피를 마시고 나갔죠. 물론 저한테도 그런 여유가 안 생겼어요."

마거릿이 무슨 의미인지 알겠다는 듯 고개를 끄덕였다. 순간 백인 남자와 눈이 마주쳤다. 백인 남자는 친절한 미소를 지어 보이고 잔을 들어 커피를 마셨다. 테이블에 있던 냅킨이 바람에 날아가자 그것을 주워 탁자에 올려놓았다. 또 날아갈까 봐 백인 남자는 휴대폰을 냅킨 위에 놓았다.

"뉴요커들은 생각보다 돈이 많아. 돈이 여유를 주는 거야. 그들은 이미 여유를 누릴 준비가 되어 있는 거지."

마거릿이 커피를 마시고 나서 말했다. 장은 이해가 되지 않았지만 그럴 수도 있을 것 같다는 생각이 들었다.

"게리도 영주권 따면 여유가 생길 거야. 결혼 역시 조금 다른 식으로 생활의 여유를 주거든."

장은 백인 남자처럼 우아하게 잔을 들어 커피를 마시고 뉴욕타임스를 한 장 넘겼다. 종이를 넘기는 소리가 경쾌하게 들려왔다. 뉴욕타임스를 읽는 시늉을 하며 남자를 따라하자 순간 백인이 된 것 같은 기분이 들었다. 데이지와 있을 때는 결코 느끼지 못한 기분이었다. 장은 바닥이 드러날 때까지 천천히 커피를 마시고 노천카페를 나왔다.

아파트 출입문 앞에 도착했을 때 도어맨이 마거릿을 보고 벌떡 일어나 인사를 했다. 장이 혼자 들락거릴 때와 다르게 도어맨은 정중했다. 마거릿이 결혼할 남자라고 알려주자 도어맨은 장을 멀뚱히 쳐다보다 축하한다며 가볍게 안았다.

장은 두 팔로 도어맨을 꽉 끌어안았다. 도어맨은 당황했는지 장을 밀어냈다. 장은 어깨에 묻은 먼지를 터는 시늉을 하고 엘리베이터를 탔다. 마침 출입문으로 들어온 올리버가 달려와 엘리베이터 버튼을 눌렀다. 반쯤 닫힌 문이 다시 열렸다. 올리버는 엘리베이터 안으로 들어와 마거릿에게 인사를 하고 장에게 노래교실에서 케이팝을 배웠다며 BTS를 좋아하냐고 물었다. 한국을 떠나온 지 오래 돼서 케이팝을 듣지 않는다고 했다. 올리버는 12월 31일 날 타임스퀘어에서 하는 BTS 공연에 간다며 한껏 들떠 장에게 호의적이었다. 그러나 장은 집에 있는 브라이언이 신경 쓰여 올리버의 이야기가 귀에 들어오지 않았다.

엘리베이터가 29층에 멈추자마자 올리버에게 대충 인사한 뒤 비밀번호를 누르고 들어갔다. 폴로가 짖으며 현관문까지 뛰어왔다. 장은 자신도 모르게 브라이언, 하고 불렀다.

브라이언이 방에서 문을 열고 고개를 내밀었다. "뭐?" 아무것도 아니라고 하자 브라이언은 거세게 문을 닫았다. 장은 종이봉투를 들고 주방으로 가서 마거릿을 돕겠다고 했다. 마거릿이 오늘 메뉴는 비밀이라며 장을 밀어냈다.

장은 마트서 사 온 사탕을 탁자 바구니에 뜯어 넣고는 폴로를 안고 소파에서 잠이 들었다. 꿈속에서 데이지는 눈을 맞으며 오른쪽 다리를 질질 끌고 마거릿이 사는 집 계단을 올라갔다. 장이 불러도 데이지는 돌아보지 않았다. 23층, 24층, 25층……. 29층까지 올라가서 데이지는 주위를 두리번거리다 2903호 현관문을 손바닥으로 때렸다. 안에서 마거릿이 나오자 데이지는 그녀를 밀치고 들어갔다. 마거릿은 데이지에게 나가라고 소리쳤다. 데이지는 마거릿을 노려보고는 당신이 보는 앞에서 사라져줄게요, 하고 창문 밖으로 뛰어내렸다. 장은 몸을 떨며 잠에서 깨어났다. 오후 다섯 시가 넘어 있었다. 데이지가 창문 밖으로 뛰어내리는 꿈을 꿔 심란했지만 게리, 하고 부르는 소리에 식탁으로 갔다.

"콩나물국밥 아니에요?"

장은 식탁에 놓인 국밥을 보며 말했다. 마거릿이 미소를 지으며 어깨를 으쓱했다.

"맛이 어떨지 모르겠어. 내가 게리를 위해 만들었어."

"이걸 어떻게 만들었어요?"

"휴대폰으로 검색해서."

투명한 콘택트렌즈 같은 콩나물 껍질이 국물 위에 하얗게 떠 있었다. 장은 스푼으로 콩나물 껍질을 걷어내고 국물을 떠먹었다. 비린내가 나고 싱거웠다. 냄비에 있는 콩나물 껍질도 걷어내자 마거릿이 피식 웃고는 올리버와 그레이스를 불러 같이 먹자며 전화를 걸었다. 브라이언도 불렀지만 먹지 않겠다고 했다.

조금 후 알록달록한 목도리를 두른 그레이스가 왔다. 진한 향수 냄새가 코를 찔렀다. 그레이스는 식탁에 앉아 장의 귓가에 대고는 독서모임 끝나고 올리버와 밤을 보냈다고 했다. 올리버가 장에게 호의적으로 변한 건 BTS 때문이 아니라 그레이스 때문이었다.

오 분이 지나지 않아 올리버가 독서모임 때 입고 간 장의 가운과 샴페인을 들고 왔다. 올리버는 그린 재킷에 파란색 남방 차림이었는데 붉은 나비넥타이가 눈에 띄었다. 전과 달리 올리버의 얼굴에 생기가 넘쳤다.

올리버는 그레이스에게 손을 들어 보이고 그 옆에 앉았다. 장은 마거릿이 퍼놓은 국밥을 올리버 앞에 놓았다. 올리버가 한 번 떠먹고 스푼을 내려놓았다. 마거릿을 의식해 장은 눈을 찡긋하고 맛있죠, 하고 물었다. 올리버는 장의 의도를 알고 고개를 끄덕였지만 그레이스는 미심쩍은 눈으로 국물을 떠먹었다.

"이게 무슨 맛이야? 맛없어. 난 안 먹을래."

마거릿이 계란을 식탁 모서리에 깨서 국밥에 넣어줘도 그레이스는 먹지 않았다. 장은 계란을 풀어 떠먹고 올리버가 남긴 것까지 먹었다. 식사가 끝난 후 올리버는 샴페인 뚜껑을 따서 잔마다 따라주고 두 사람의 결혼을 위해 건배하자며 손을 높이 쳐들었다.

"전 이 결혼 반대해요."

방문을 열고 나온 브라이언이 말했다. 브라이언은 콩나물국밥을 보더니 얼굴을 찡그리고 장에게 다가왔다.

"데이지란 여자는 어떡할 거야? 그 여자는 어떡할 거냐고? 쓸

모없어서 버린 거야? 안아줄 만큼 안아줬는데 돈을 안 주던?"

장은 주먹을 쥐었다. 입에서는 영어가 나오려고 했고 동시에 한국말이 나오려고 했다. 영어로 말을 하려고 하면 돌이 물려 있는 것처럼 입이 움직이질 않았다. 그것도 모르고 브라이언은 장을 자극하는 말을 쏟아냈다.

"어머니를 안아주고 돈을 받는 건 아니겠지?"

"입 닥쳐 개새끼야."

화가 날 때 먼저 튀어나온 건 한국말이었다. 영어로 표현할 수 없는, 대체할 수 없는 감정을 표현할 때도 한국말이 나왔다. 한국말을 알아듣지 못한 브라이언은 고개를 갸웃거리며 마거릿에게 말했다.

"엊그제 밤 톰의 집에 가다 저놈을 봤어요."

순간 놀라 장은 브라이언을 쳐다보았다. 생각 같아서는 당장 브라이언의 입을 틀어막고 싶었으나 모른 척 가만히 있었다.

"저놈은 데이지라는 여자를 만나고 오다 날 보고 당황했죠. 제가 뒤를 따라온 줄 알고."

브라이언이 데이지 이름을 어떻게 알았을까 하고 장은 멈칫했다. 아무래도 미셸이 데이지의 이름을 말한 걸 들은 게 분명했다. 그렇지 않고서야 브라이언이 데이지의 이름을 알 수 없었다.

"엊그제 밤 저놈은 어머니가 잠든 사이 딴 여자를 만나러 갔다고요."

"딴 여자? 엊그제 밤 게리는 나와 있었어."

브라이언은 고개를 갸웃거리며 마거릿을 쳐다보았다.

"그게 무슨 소리예요? 제가 저놈을 분명히 봤는데. 근데 게리는 저놈을 말하는 건가요?"

"이제 데이비드를 게리라고 부르기로 했어."

"게리로 부르든 데이비드로 부르든 맘대로 하세요. 전 상관없으니까. 어머니가 아무리 게리라고 불러도 저놈이 데이지란 여자의 집에서 나온 게 달라지진 않아요. 어머니가 그끄제 밤하고 착각한 거겠죠."

"그끄제 밤도 게리는 나와 있었어."

장은 안도의 한숨을 쉬고 마거릿을 바라보았다. 마거릿의 표정은 조금 전과 변함이 없었다. 그레이스와 올리버는 영문도 모른 채 마거릿과 브라이언을 번갈아 쳐다보았다. 얼굴이 붉으락푸르락해진 브라이언은 말도 안 된다며 마거릿에게 대들었다.

"저놈이 데이지란 여자의 집에서 나오는 걸 제 눈으로 봤다는데 왜 안 믿으세요?"

"네가 잘못 본 거겠지. 전에도 넌 동양인을 잘 구별하지 못했잖아. 죽은 게리의 친구들이 오면 늘 헷갈렸잖아."

"어머니는 어릴 적부터 제 말을 믿지 않았죠. 그 때문에 전 어머니와 거리감이 느껴졌어요. 제가 일 년에 한두 번 밖에 오지 않는 것도 이 때문이에요. 어머니는 아버지와 이혼한 것 때문에 저를 미워했죠."

"말도 안 되는 소리 그만해……. 넌 왜 또 톰의 집에 갔는데?"

브라이언은 말을 못하고 마거릿에게 소리를 질렀다. 마거릿이 손을 떨며 바닥에 주저앉았다. 괜찮아요, 하고 장이 묻자 마거릿은 괜찮다고 했다. 하지만 괜찮아 보이지 않았다. 손떨림은 점점 더 심해졌다. 그레이스는 냉장고에서 생수를 꺼내와 마거릿에게 먹여주고 손을 주물러주었다. 그래도 손떨림이 그치지 않자 장에게 앰뷸런스를 부르라고 했다. 119인지 911인지 헷갈려 버벅대는 사이 브라이언이 앰뷸런스를 불렀다.

얼마 후 사이렌 소리가 났다. 창밖을 보니 32번가로 들어온 앰뷸런스가 아파트 앞으로 오고 있었다. 장은 거실을 걸어다니다 철제침대를 밀고 들어온 두 명의 흑인 남자를 경찰관으로 착각하고 휴대폰을 떨어뜨렸다. 휴대폰을 줍는 사이 흑인 남자가 철제침대에 마거릿을 들어 안아 올렸다. 장은 안절부절못하는 두 사람을 남겨놓고 브라이언과 엘리베이터를 탔다. 중간중간 엘리베이터가 멈췄지만 사람들은 철제침대에 누운 마거릿을 보고 뒤로 물러났다. 엘리베이터에서 내려 앰뷸런스가 서 있는 곳까지 갔다. 앰뷸런스에 타려는 걸 밀어내자 브라이언이 장을 쏘아보았다.

"네놈과 어머니가 한 가지 간과한 게 있어. 이런 경우 영주권 심사관이 계약 결혼이란 걸 알고 취득불허할 거야. 아무리 잘나가는 변호사를 써도 말이야."

장은 아차 싶었다. 거기까지 생각 못 한 것이다. 불법체류자는 영주권을 취득할 때에도 변호사를 끼고 일을 하지 않으면 바로 강제 추방이었다.

"양자를 삼아야 하나."

앰뷸런스에 오르자 마거릿이 말했다.

"양자요? 그게 가능해요?"

"가능하지. 결혼하려고 구차하게 굴 필요도 없고. 시민권도 얻을 수 있고. 왜 내가 그 생각을 못 했지."

장은 양자라는 말에 혹했다. 양자로 입양 땐 힘겹게 결혼하지 않고 한 방에 모든 게 해결되는 것이었다.

"차라리 그럼 양자를……."

장은 슬쩍 마음을 내비쳤다. 마거릿의 얼굴이 조금 일그러졌다. 한숨을 쉬더니 마거릿은 차분한 목소리로 말했다.

"난 양자보단 결혼을 하고 싶어. 변호사 문제는 걱정 마. 뉴욕에서 가장 잘 나가는 변호사를 쓸 테니까."

"그래도 양자로 삼기만 하면……."

"난 결혼을 하고 싶다니까. 사실 게리를 만나기 전에는 밤마다 죽는 생각을 했어. 혼자 침대에 누워 잘 때 이대로 죽으면 몇 개월이 지나 미라로 발견되겠지 하는 생각. 하지만 이제 죽고 싶지 않아. 결혼식을 올리고 게리와 오래도록 살고 싶어."

병원 응급실에서 검사를 마치고 마거릿은 병실로 옮겨졌다. 창가 침대는 텅 비어 있었는데 시트에는 노란 오줌 자국과 핏자국이 엉켜 있었다. 카트를 밀고 들어온 흑인 청소부가 시트를 걷고 소독을 했다. 환자가 들어 오냐고 묻자 청소부는 창가 침대에 있던 노인이 조금 전 죽어 밤에는 입실 환자가 없다고 했다. 마거릿의 침대도 누군가 죽어 나간 침대라는 생각에 기분이 묘했다. 행여 마거릿이 죽을까 봐 속으로 기도를 하는데 브라이언이 들어왔다.

브라이언을 피해 장은 창가 침대로 갔다. 아직 죽은 영혼이 병실을 빠져나가지 못하고 머물러 있는 것 같아 주위를 둘러보다 침대 아래 있는 슬리퍼 한 짝을 발견했다. 발로 쓱 슬리퍼를 침대 아래로 밀어 넣었다. 침대 아래 있던 플라스틱 휴지통이 엎어져 안에 있던 게 쏟아졌다. 쏟아진 것을 휴지통에 넣고 마거릿이 안정을 취할 수 있도록 침대 곁에 서서 손을 잡아주었다.

한참 후 남자 간호사가 들어와 보호자를 찾았다. 장은 브라이언을 밀치고 간호사를 따라 의사를 만나러 갔다. 응급실에서 본 인도계 의사의 얼굴은 어두웠다. 잠을 자지 못한 사람처럼 얼굴이 부옇게 떠 있었고 수염을 깎지 않아 피곤해 보였다. 유난히 눈이 큰 의사는 코 밑으로 흘러내린 안경을 끌어 올리면서 마거릿은 뇌졸중이라고 말했다. 의사는 지금은 안정을 취했으나 앞으로 이런 일이 빈번하게 발생할 수 있다고 했다.

장은 의사의 말을 듣고 나와 병실로 들어갔다. 브라이언이 병명을 물었다. 뇌졸중이라고 말한 뒤 마거릿에게 앞으로 주의를 해야 한다고 덧붙였다.

"결혼식 마치고 치료 받을게. 게리가 도와줘."

"제가 손이 되어주고 발이 되어줄게요."

병실은 고요했다. 고요를 깨뜨린 것은 벨소리였다. 브라이언이 톰의 전화를 받더니 송년모임에 가야 한다고 했다. 장은 브라이언이 나간 후 생수를 사다놓고 창밖을 바라보았다. 늙은 백인 여자와 조금씩 젊음을 잃어가는 동양인 남자가 창문에 보였다. 남자를 가만히 응시하자 남자도 가만히 장을 응시했다. 욕망으로 가득 찬 눈빛. 낯선 남자가 금방이라도 창문을 젖히고 튀어나올 것 같았다.

"게리는 들어가."

"전 보조침대에서 자면 돼요."

"보조침대 없는데."

"그게 없으면 보호자는 어디서 자요?"

"보호자는 잘 수 없어. 위생상."

장은 브라이언이 다시 올 것 같지도 않았고, 그렇다고 혼자 두고 갈 수 없어 밤새 마거릿 옆을 지키고 서 있겠다고 했다. 이참에 마거릿 옆에 자신이 있다는 걸 각인시켜 주려고 밖으로 나가 보조의자를 사 왔다.

병실 밖에서 급하게 누군가를 부르는 소리가 났고 바쁘게 걸어가는 발소리도 났다. 장은 마거릿이 안정을 취할 수 있도록 보조 의자에 앉아 휴대폰을 검색해 「방문객」이란 시를 찾아 읽어주었다. 세 줄을 읽었을 때 마거릿이 한국말로 읽어달라고 해서 영어로 한 줄 읽고 나서 한국말로 읽었다.

시를 다 읽고 났을 때 마거릿은 잠이 들어 있었다. 장은 휴대폰을 주머니에 넣고 침대 프레임에 이마를 기댔다 잠이 들었다. 하지만 보조 의자가 불편해 자꾸 깼다. 의사가 왔다 간 뒤 장은 노인이 죽어 나간 침대에 누웠다. 청소를 하고 소독을 했음에도 언젠가 아버지에게서 맡아 본 죽음의 냄새가 났다. 그 냄새가 몸을 덮칠 것 같아 침대에서 내려와 보조 의자에서 졸다 벨소리에 깼다. 엄마였다. 결혼식을 마칠 때까지 당분간은 엄마와 통화하고 싶지 않았다.

아침에 일어나 퇴원 준비를 하고 있을 때 창가 침대에 환자가 들어왔다. 마거릿은 환자복을 벗고 입고 왔던 옷을 입었다. 왼쪽 소매에 팔을 집어넣다 손을 떨어 장이 팔을 넣어 주었다. 장은 보조 의자를 창가 환자에게 주고 마거릿이 준 카드로 치료비를 계산했다. 그러고는 마거릿의 팔짱을 끼고 나가 노란 택시를 잡아탔다.

택시에서 내려 집으로 들어가자 폴로가 달려왔다. "브라이언은 어디 갔어?" 장은 먼저 브라이언 방부터 살폈으나 보이지 않았다. 히터를 켜고 마거릿을 침대에 눕혀주고 났을 때 마거릿이 주머니에서 장의 사진을 꺼내 결혼사진을 치우고 그 자리에 놓았다. 그때 초인종이 울려 장은 현관으로 나가 문을 열어 주었다. 택배 기사가 종이 상자를 덥석 던져주고 엘리베이터를 타기 위해 뛰어갔다. 종이 상자를 들고 침실로 들어가자 마거릿이 풀어보라고 했다. 노트북인 줄 알았는데 베개였다.

장은 베개를 침대에 놓고 머리를 뉘여보았다. 어딘지 모르게 그 전 베개와 느낌이 달랐다. 아버지의 냄새는 나지 않고 공장 냄새가 나서 불편했지만 좋다고 했다.

"저도 마거릿에게 무언가를 해주고 싶어요. 결혼하면 가장 먼저 무엇을 하고 싶어요?"

마거릿은 미소를 짓고 생각에 잠겼다.

"하루에 한 번씩 32번가를 산책하고 싶어."

"제가 산책시켜 줄게요. 또 뭐하고 싶어요?"

"일주일에 한 번은 센트럴파크에 가고 싶어."

"제가 데려다줄게요."

"그렇다면 난 게리를 위해 뭘 해줘야 하지?"

"결혼해 주는 걸로 됐어요. 그거 하나면 돼요."

"그럼 신혼여행은 게리가 원하는 곳으로 가자."

"제가 어딜 자유롭게 갈 수 없는 몸이니까 신혼여행은 나중에 가요."

"나중에? 언제? 그때까지 내가 살 수 있을까."

"그럼요."

장은 또 생각과 다르게 말했다. 생각과 다르게 말하고 나면 조금 더 게리가 된 것 같았다.

"근데 왜 브라이언에게 거짓말까지 하며 제 편을 들어준 거예요?"

"브라이언은 나 없이도 사니까……. 난 내 마지막은 게리와 살고 싶어. 내가 살면 얼마나 살겠어. 부탁인데 내가 죽고 나면 그 여자와 살아. 지금은 나한테 충실하고."

순간 장은 마거릿이 진짜 자신을 사랑하는 거라고 생각했다. 피를 나눈 아들에게까지 거짓말을 해서 편을 들어주고 콩나물 국밥까지 끓여주는 것도 모자라 자신이 죽으면 데이지와 살라는 말까지 했으니 말이다. 그건 사랑하는 사람이 자기를 바라봐 주기를 바라는 마음이었다. 장을 사랑하니까 보내주고 싶은 마음과 보내주기 싫은 마음이 공존할 수도 있었다. 사랑하는 사람에게 보내주고 싶은 마음도 사랑이고 보내주고 싶지 않은 마음도 사랑일 것이다. 스너글러로 장을 부를 때에도 단지 하룻밤을 보내기 위해 부른 게 아니었다.

장은 창밖에 하나둘 내리는 눈을 보며 마거릿과 보낸 밤을 떠올리다 전화벨 소리에 정신을 차렸다. 줄리아였다. 마거릿이 눈치 보여 받지 않자 노천카페에 왔다는 문자가 왔다. 마거릿이 잠든 후 마지막 만남이라 생각하고 노천카페로 갔다.

"홍콩 가는 거 취소했어."

장이 커피를 사서 자리에 앉았을 때 줄리아가 말했다. 줄리아는 배우의 꿈을 도저히 포기할 수 없어 홍콩으로 돌아가는 걸 포기했다고 했다. 슬그머니 줄리아가 장의 손을 잡았지만 예전과 달리 떨림은 없었다.

"나랑 사귀자."

장은 줄리아의 손을 떼어냈다.

"내일이 결혼식이야."

"아직 시간 있네. 식장까지 들어가야 결혼하는 거니까. 그 여자가 나보다 예뻐?"

장은 고개를 끄덕였다.

"나이도 어려?"

"나이도 훨씬 어려."

장의 말에 줄리아는 더 조르지 않았다.

"왜 이리 되는 게 없지……. 알았으니까, 나 한번 안아줘. 네 품처럼 따뜻한 품이 없었어."

"더 이상 난 스너글러가 아냐. 그리고 난 이제 데이비드가 아니야."

"데이비드가 아니면?"

"내 이름은 게리야."

줄리아는 자리에서 일어나 오큘러스 플라워 쪽으로 걸어갔다. 장은 줄리아가 사라질 때까지 앉아 있다 일어났다. 줄리아의 자리에 있는 꽃다발이 눈에 들어왔다. 오큘러스 플라워에서 산 것과 똑같은 꽃다발이었다. 꽃다발을 들었다가 장은 제자리에 놓고 나왔다. 그러다 다시 들어가 꽃다발을 들고 나왔다. 하지만 꽃다발을 들고 마거릿의 집으로 갈 수 없었다.

장은 거리를 왔다 갔다 하다 길가에 있는 눈사람의 머리에 꽃다발을 꽂았다. 그리고 꽃 줄기를 뽑아 눈사람의 양쪽에 꽂았다. 코와 입에는 빨간 꽃잎을 떼어 붙이고 눈에는 푸른 잎을 떼어 붙였다. 눈사람마저 푸른 눈동자를 가진 백인처럼 보였다. 장은 백인이 되어가는 상상을 하면서 마거릿의 집으로 걸어갔다. 드디어 내일이 결혼식이었다.

7

"어서 일어나요."

장은 마거릿을 깨운 후 화장실로 들어가 세면대에 물을 받아 놓았다. 마거릿은 이불을 들추고 일어나 장의 사진에 입을 맞추고 화장실로 들어가 세안을 했다. 세안을 마칠 때까지 기다렸다 얼굴을 닦아주고 장은 거울을 보았다. 하룻밤 새 또 수염이 자라 게리와 조금 더 흡사했다. 이대로 수염이 자라면 진짜 게리가 될 것 같았다. 손으로 수염을 쓸어 만지고 주방으로 가서 수프를 끓였다.

앞으로 주방도 자신의 공간이 된다고 생각하자 미소가 지어졌다. 폴란드산 접시와 포크. 독일산 칼과 그릇들. 스푼과 커피잔은 프랑스산이었고 전자레인지는 삼성전자 제품이었다. 장은 싱크대에 있는 그릇을 한 번씩 쓸어 만지고 냄비에 물을 부어 인덕션에 올려놓았다.

물이 어느 정도 끓었을 때 수프 봉지를 뜯어 열 스푼 정도 부었다. 가루가 퍼져 물이 부옇게 변했다. 스푼으로 뭉친 분말을 눌러 풀어주고 불의 세기를 높였다. 수프가 끓으면서 고소한 냄새가 났다. 수프를 그릇에 부었는데 불의 세기를 너무 높였는지 냄비 바닥이 눌어 있었다.

장은 쟁반에 수프를 받쳐 들고 침실로 들어가 마거릿 앞에 내려놓았다. "룸서비스예요. 오늘은 특별한 날이니까요." 마거릿은 스푼을 집어 수프를 떠먹었다. 스푼에서 떨어진 수프가 고름처럼 턱 밑으로 흘러내렸다.

"제가 먹여줄게요."

장은 티슈로 턱 밑을 닦아주고 수프를 떠먹여 주었다.

"게리가 오기 전에는 하루가 왜 이리 늦게 가나 했는데 지금은 왜 이리 빨리 가는지 몰라. 이젠 하루하루가 천천히 가면 좋겠어. 근데 수프에서 탄내 나."

"불의 세기를 너무 높여 끓였나 봐요. 미안해요."

마거릿이 미소를 지으며 고개를 저었다.

"탄내 나도 맛있어."

수프를 다 먹이고 일어섰을 때 마거릿은 브라이언이 결혼식에 갈 준비를 하는지 확인하라고 했다. 그러나 장은 아무 말도 않고 소파에 앉아 커피를 마시며 앞으로 펼쳐질 찬란한 미래를 그려 보았다. 그러자 빨리 성당으로 가고 싶어 웨딩숍에 전화를 걸어 결혼예복을 가져다 놓았냐고 물었다. 종업원은 선물로 준비한 부케까지 성당에 가져다 놓았다고 했다. 전화를 끊고 폴로에게 밥을 주는데 그레이스가 헤어드라이어를 빌리러 왔다.

"결혼식이 얼마 안 남았는데 왜 이러고 있어?"

"마거릿이 늦잠을 잤어요."

"늙으면 다 그래. 시도 때도 없이 잠이 쏟아져."

그레이스는 서둘러 침실에 들어갔다. 장은 폴로가 밥을 먹지 않자 우유를 부어주었다. 조금 후 침실에서 나온 그레이스가 욕실에서 헤어드라이어를 꺼내 갔다. 그레이스가 가고 나서 장은 침실 문을 열고 들어갔다.

마거릿은 화장대에 앉아 파운데이션으로 귀 주변에 핀 콩알만 한 검버섯을 덮고 빨간색 립스틱을 발랐다. 손을 떨어 립스틱이 입술 밑까지 벌겋게 칠해졌다. 티슈로 입술 밑으로 삐져나온 립스틱을 지우고 다시 발랐지만 또 엇나가 장이 발라주었다. 마거릿은 옷장에서 노란색 바지와 빨간 폴라티를 꺼내 입은 다음 밍크코트를 걸쳤다. 결혼 예행연습을 하려면 한 시간 전에 출발해야 했으나 마거릿은 그것을 아는지 모르는지 큐빅이 박힌 옷을 꺼내 몸에 갖다 댔다.

"성당 가서 웨딩드레스로 갈아입을 테니 아무거나 입어요."

"결혼식인데 이쁘게 하고 가야지."

"이러다 늦어요."

장의 재촉에도 아랑곳하지 않고 마거릿은 옷장에서 또 옷을 꺼내 입었다. 침대에 옷들이 차곡차곡 쌓여갔다. 벌써 열한 시 오십 분이었다. 입은 옷을 벗어던지고 마거릿은 다시 밍크코트를 걸치더니 게리의 안경을 꺼내 장의 얼굴에 씌워주었다.

"이렇게 하면 다들 게리가 살아 돌아온 줄 알겠지."

안경 때문에 어지러웠지만 장은 마거릿의 손을 잡고 거실로 나갔다. 소파에 있던 브라이언이 마거릿에게 종이를 내밀었다.

"사인하면 돼요."

"이게 뭐니?"

"이 집을 제게 주기로 했잖아요."

마거릿은 브라이언이 내민 종이를 들고 소파에 앉았다. 탁자에 종이를 놓고 마거릿은 사인을 하려다 브라이언을 쳐다보았다.

"내가 여기 사인 하면 게리를 가족으로 받아들일 거야? 그런 내용은 빠져 있네."

"생각해 보죠."

"그럼 나도 생각해 볼게."

마거릿이 종이를 되돌려 주는데 브라이언의 휴대폰이 울렸다. 전화를 받은 브라이언의 표정이 굳어졌다. 메리가 이곳으로 오다 앞차를 들이박아 위독하다고 했다. 브라이언은 종이를 내던지고 메리의 상태를 보고 오겠다면서 현관문을 열고 나갔다. 메리가 다친 건 안 된 일이었지만 그 일로 브라이언이 결혼식에 참석하지 못 할 수 있었다. 장은 종이를 구겨버린 뒤 마거릿의 손을 잡고 성당에 가자고 말했다. 마거릿이 고개를 저으며 메리한테 가자고 했다.

"결혼식이 삼십 분도 안 남았어요."

"메리가 위독하다잖아."

"결혼식 마치고 가요."

마거릿은 병원이 어디인지 물으려고 브라이언에게 전화를 걸었다. 장은 휴대폰을 빼앗으려고 마거릿의 손을 잡았다. 뺏기지 않으려고 몸을 틀다 마거릿이 쓰러졌다. 마거릿은 눈을 감은 채 꿈쩍을 하지 않았다.

"에잇, 씨발. 이게 뭐야. 결혼식 날에 이게 뭐냐고요."

장은 한국말로 욕을 내뱉었다. 순간 데이지의 말이 떠올랐다. 안 죽으면? 안 죽으면 죽이기라도 할 거야? 장은 두 손으로 머리통을 움켜쥐며 소리를 질렀다.

"죽어도 결혼식을 올리고 죽으라고요……. 여기서 죽으면 난 어떡해, 난 어떡하냐고.”

그때 마거릿이 바르르 눈을 뜨며 일어났다. 그러나 심하게 손을 떨었다. 장은 마거릿을 부축해 소파에 앉혔다. 마거릿의 휴대폰이 울려 대신 받아 보니 그레이스였다. 그레이스는 친구들이 모두 왔다면서 어디쯤 오냐고 물었다. 장은 마거릿이 손을 떨어 움직일 수 없다고 했다. 오 마이 갓, 하고 그레이스가 말했다. 장은 그레이스에게 혼인미사 시간을 삼십 분만 늦춰달라고 했다. 그사이 어떻게든 마거릿을 끌고 성당으로 갈 생각이었다. 하지만 손떨림이 멈추지 않아 삼십 분이 지나도 성당으로 가지 못했다.

이대로 모든 게 끝난 것 같아 장은 안경을 벗고 멍하니 엠파이어 빌딩을 바라보았다. 허탈감에 한참을 그렇게 있는데 현관문 비밀번호를 누르는 소리가 났다. 그레이스와 올리버가 손을 잡고 들어왔다. 뒤따라서 독서모임 친구들이 울긋불긋한 드레스 차림으로 몰려왔다.

“얼마나 아팠길래 못 온 거야?”

마거릿이 이젠 괜찮다고 했다.

“한 살이라도 젊었을 때 결혼하려 했는데…….”

그녀들이 까르르 웃는 사이 마거릿은 신부님에게 전화를 걸어 다음 주 일요일에 결혼식을 올리고 싶다고 했다. 휘트니와 다이애나가 동시에 박수를 쳤다.

일주일 후 결혼식은 성당에서 치러졌다. 부케를 받은 건 다이애나였다. 마거릿이 던진 부케가 다이애나에게 날아간 것이다. 그레이스는 다이애나가 받은 부케를 빼앗아 올리버와 사진을 찍었다. 병원에서 깨어난 메리는 한 차례 수술을 받고 결혼식 날 재수술을 받았다. 마거릿의 집에 눌러앉은 브라이언은 메리 수술 때문에 결혼식 날 참석하지 못했다. 그레이스의 말대로 마거릿의 세 번째 결혼식에도 사건이 터진 것이다. 장은 결혼과 함께 나머지 짐을 싸들고 왔다. 크리스마스트리를 치운 자리에 놓인 두 개의 캐리어는 장의 것이었다.

장은 평소처럼 폴로에게 빨간색 아디다스 패딩을 입힌 후 목줄을 채우고 산책을 나갔다. 엘리베이터를 타고 내려가자 도어맨이 인사를 했다. 무시하고 출입문을 나가 데이지의 집으로 걸어갔다.

뉴욕 레스토랑까지 갔을 때 데이지와 우연히라도 만나지 않겠다는 말이 떠올라 발길을 돌려 마거릿의 집으로 걸어갔다. 결혼식 이후 데이지에게는 연락이 없었다. 전 같으면 연락을 안 하는 게 편했지만 지금은 되레 마음이 무거웠다. 그런데 현관문을 열고 마거릿의 집에 들어가는 순간 무거운 마음이 눈 녹듯이 사라졌다. 더는 마거릿의 집이 갑갑하게 느껴지지 않았다.

폴로를 씻기고 장은 소파에 앉아 마거릿이 사준 노트북을 열었다. 제목은 『결혼은 세 번쯤 하는 게 좋아』로 하고 마거릿을 찾아가는 장면을 시작으로 소설을 써 내려갔다. 생각보다 소설은 잘 써지지 않았다. 네 장을 쓰고 나자 더 쓸 말이 없어 노트북을 내려놓고 엠파이어 빌딩을 바라보았다. 문장이 떠오를 듯하다 이내 사라져 종이에 엠파이어 빌딩과 32번가를 그렸다. 그리고 가게마다 이름을 써넣었다. 아리랑, 한인마트, 고려서적, 오큘러스 플라워, 노천카페, 신문가판대…….

장은 종이에 그린 그림을 보며 거리를 묘사했다. 가까스로 또 한 장을 쓰고 노트북을 닫았다. 노트북이 닫히는 소리에 코를 골며 자던 폴로가 눈을 떴다. 장은 반죽해 놓은 밀가루를 오븐에 넣고 베이글을 구워 마거릿을 불렀다. 마거릿이 나왔을 때 갓 구운 베이글을 떼어 입에 넣어주었다.

"난 검게 탄 게 좋은데."

"다음엔 더 바짝 구울게요."

"글은 많이 썼어?"

"다섯 장요."

"제목은 뭘로 했어?"

"결혼은 세 번쯤 하는 게 좋아. 제가 마거릿을 영원히 소설

속에서 살게 해줄게요."

마거릿이 환하게 웃었다. 장은 베이글을 먹고 마거릿과 산책을 나갔다. 폴로와 마거릿을 데리고 동시에 산책을 할 수 없어 번번이 따로따로 나간 것이다. 일상의 시간을 모두 마거릿에게 맞추자 마음이 한결 가벼웠다. 마음을 맞추고 생각을 맞추는 게 결혼 생활을 잘 하는 비결이었다.

레드 메이플 나무 앞에서 장은 마거릿과 담배를 한 대씩 피우고 거리를 걸어갔다. 새해라 시내는 더욱 활기찼고 관광객은 많았다. 오큘러스 플라워를 지나가는데 주인 여자가 아는 척했다. 인사를 하고 마거릿을 부인이라고 소개했다. "내가 프러포즈에 성공할 거라고 했죠? 우리 집에서 꽃 사가서 프러포즈에 실패한 사람은 못 봤거든요." 꽃집 자랑을 늘어놓는 여자에게 고맙다고 하고 마거릿과 고려서적 앞을 지나갔다.

"라이터 떨어졌어요."

한인 남자가 바닥에 떨어진 마거릿의 라이터를 가리켰다.

"땡큐……. 아니, 고맙습니다."

한국말로 고맙다고 하자 한인 남자는 장을 쳐다보더니 더는 말을 하지 않았다. 장은 라이터를 주워 마거릿에게 준 다음 엠파이어 빌딩으로 걸어갔다. 한 무리의 관광객이 엠파이어 빌딩 앞에서 내렸다.

"저는 뉴욕에서 엠파이어 빌딩이 제일 좋아요. 엠파이어 빌딩을 보고 있으면 제가 뉴욕에 산다는 걸 실감하거든요. 하지만 불법체류자가 되면서 엠파이어 빌딩이 더는 아름답게 보이지 않았어요. 그런데 이제 다시 아름답게 보여요."

"그렇게 말하니까 이제 나도 엠파이어 빌딩이 달리 보이네."

마거릿이 고개를 뒤로 젖히고 엠파이어 빌딩을 바라보았다. 장은 폴로를 산책시킨 코스와 똑같이 엠파이어 빌딩을 돌아 마거릿의 집으로 갔다. 마거릿이 폴로와 소파에서 노는 사이 파스타를 만들어 식탁에 놓았다. 베이글도 접시에 담아 놓고 컵에 우유를 따른 뒤 마거릿을 불렀다. 장은 마거릿이 앉을 수 있도록 의자를 뒤로 빼줬다. 땡큐, 하고 마거릿은 의자에 앉았다. 장은 가볍게 마거릿의 어깨를 주물러주고 맞은편에 앉았다. 그때 현관문이 열리면서 브라이언이 들어왔다.

"난 저놈이 싫어요."

장 앞으로 다가온 브라이언이 말했다.

"난 이러는 네가 싫어. 저놈이라니. 내가 사랑하는 사람이야."

"이게 사랑이에요? 거래지."

"네 사랑은 괜찮고 내 사랑은 괜찮지 않다는 거야?"

마거릿이 목소리를 높였다.

"차라리 제 사랑이 더 낫죠. 제 사랑은 거래는 아니니까요.

불법체류도 아니고요. 하지만 어머니의 사랑은 거래이고 불법체류잖아요. 저놈의 마음에는 데이지란 여자뿐인데, 거기에 어머니가 들어가 살려고 한다면 그게 불법체류가 아니고 뭐겠어요. 저놈의 마음에는 어머니가 없어요. 설령 어머니가 저놈의 마음에 들어간다 해도 저놈은 어머니를 강제 추방시킬 거예요. 결국 불법체류자들은 쫓겨나게 되니까요. 어머니의 사랑은 어디에도 닿지 못하고 어디에도 가지 못하고 어디에도 정착하지 못하고 추방당하는 그런 사랑이라고요. 다시 말해 어머니의 사랑은 불법이라고요."

"사랑에 불법이 어디 있고 합법이 어디 있어? 사랑은 그게 뭐가 됐든 다 합법이야. 그게 사랑이야. 불법마저도 합법으로 만드는 게 사랑이라고."

마거릿은 식탁에 떨어진 우유 방울을 냅킨으로 닦고 베이글을 먹었다. 마거릿이 더는 반응을 보이지 않자 브라이언은 얼굴을 일그러뜨렸다.

"어머니가 톰의 집을 알려줬죠?"

"그게 무슨 소리야? 난 아냐."

마거릿이 접시에 시선을 둔 채 말했다.

"어머니가 아니면 누가 알려줘요? 지난번에 메리가 톰의 집을 물었다고 했잖아요? 그때 어머니가 알려준 게 분명해요."

“난 아니래도.”

“그럼 어떻게 메리가 톰의 집을 찾아왔죠? 메리가 찾아온 걸 보고 톰이 저랑 헤어지겠다고 했단 말예요.”

“톰에게 다른 남자가 생긴 거겠지. 한 가게에 오래 있는 건 이유가 있는 것 아니겠어. 저번에 지나갈 때 보니까 가게 사장이 톰의 엉덩이를 주무르고 있더구나.”

“톰 이야기는 그만하고 저놈 이야기나 해요. 저놈이 영주권과 어머니의 집을 노리고 있다는 걸 왜 모르세요. 당장 저놈을 쫓아낼 거예요.”

브라이언이 장의 뒷목덜미를 잡고 일으켜 세웠다. 브라이언의 몸에서 술 냄새가 났다. 숨이 막혀 손을 뿌리치려고 몸부림치다 장은 브라이언의 턱을 쳤다. 흥분한 브라이언이 주먹을 날렸다.

두세 번 주먹이 오가자 폴로가 짖었다. 브라이언이 소리를 지르며 폴로의 뒷다리를 걷어찼다. 브라이언을 피해 폴로는 거실 탁자 아래로 도망쳤다. 브라이언이 다시 장에게 주먹을 날렸다. 장이 피하자 브라이언은 식탁을 밀어젖혔다. 포크가 떨어지고 컵이 깨지면서 파편이 튀어 올랐다. 마거릿이 그만하라고 했지만 컵이 깨지는 소리에 묻혔다. 컵에서 쏟아진 우유가 식탁 다리를 타고 흘러내렸다. 접시에 있던 파스타 면발이 쏟아지고 베이글은 우르르 바닥에 떨어졌다.

장은 베이글을 차내고 브라이언에게 주먹을 날렸다. 브라이언은 잽싸게 피해 장의 허벅지를 걷어찼다. 허벅지가 찢어지는 고통을 느끼며 장은 머리로 돌진해 브라이언의 배를 들이받았다. 브라이언이 뒤로 밀려 욕실 옆에 쌓아둔 상자를 쓰러뜨렸다. 브라이언은 발로 상자를 차내고 씩씩거리며 다가왔다. 그때 마거릿이 장 앞으로 와서 두 팔을 펼쳐 브라이언을 막았다. 다칠까 봐 장은 손을 뻗어 마거릿을 등 뒤로 숨겼다. 순간 브라이언이 장의 양쪽 어깨를 움켜잡고 내동댕이치려 했다. 넘어지지 않으려고 식탁 모서리를 움켜잡았지만 미끄러져 마거릿을 깔고 넘어졌다.

"마거릿. 마거릿."

몇 번을 불러도 마거릿은 눈을 뜨지 않았다. 장은 무릎을 꿇고 앉아 마거릿의 상체를 들어안았다. 마거릿은 일그러진 얼굴로 살짝 입을 벌리고 있었다. 입속으로 검은 어둠이 보였다. 검은 어둠이 마거릿을 집어 삼키는 것 같았다.

마거릿은 숨을 쉬지 않았다. 모든 소리가 멈춘 것처럼 사방이 고요했다. 뭔가 크게 잘못된 거라는 생각이 들었다. 커다란 행운이 자신을 비켜간 느낌이 들었다. 자신의 느낌이 망상이길 바라면서 다시 마거릿을 불렀다. "마거릿, 마거릿. 일어나요.

제발 눈을 떠봐요. 파스타 먹고 목요일에 토론할 책을 읽어야 해요. 한인마트에 콩나물국밥 재료도 사러 가야 해요. 그러니까 어서 일어나요." 장이 오늘의 스케줄을 말해도 마거릿은 끝내 대답하지 않았다. 시간이 얼마나 흘렀는지 느끼지 못한 채 장은 마거릿을 안고 있었다.

"네가 죽였어."

브라이언이 뒤에서 말했다.

"네가 죽였어. 널 경찰에 신고할 거야."

장이 말했다.

"불법체류자가 경찰을 부르시게?"

"내 인생은 여기서 종쳤어. 앞으론 강제 추방될 일밖에 없으니까 더 잃을 게 없어. 네가 마거릿을 죽였다고 할 거야."

"경찰이 불법체류자의 말을 믿을까."

"술 취한 네 말보단 내 말을 믿겠지."

브라이언은 으르렁거리는 폴로를 침실에 처넣고 마거릿에게 다가갔다. 종잇장처럼 하얗게 브라이언의 얼굴색이 변했다. 비로소 브라이언은 마거릿의 죽음을 실감하는 것 같았다. 폴로가 밖으로 나오려고 문을 발톱으로 긁어댔다. 장은 이 상황을 어떻게 해야 할지 알 수 없었다. 브라이언 말대로 신고한다 해도 경찰이 불법체류자의 말을 믿을 리 없었다. 브라이언이 술에 취했다고 하나 마거릿의 아들이었다. 이런 상황이라면 경찰은 브라이언의 말을 믿을 게 뻔했다. 영주권을 따기 위해 결혼을 하려다 뜻대로 되지 않자 마거릿을 죽였다고 몰고 갈 수 있었다.

장은 엠파이어 빌딩 위로 내리는 눈을 바라보았다. 날아다니는 눈들이 창문에 들러붙었다가 바람에 흩어졌다. 눈이 점점 더 많이 내리자 엠파이어 빌딩이 조금씩 가려졌다. 장은 떨어지는 눈이 이 방 안의 풍경을 덮어버리길 바랐다.

"이렇게 하는 게 어때?"

한참 후 브라이언이 말했다.

"어머니가 뇌졸중으로 쓰러진 걸로 말이야. 연말에 병원에도 다녀왔잖아."

식탁 가장자리에 있던 나이프가 맥없이 바닥에 떨어졌다. 그 소리에 브라이언이 뒤를 돌아보고 장 앞으로 다가왔다.

"네가 날 도와주면 나도 네가 이 집에서 살게 해줄게. 불법체류자라고 신고도 안 할 거고."

브라이언이 장의 소매를 잡았다. 어깨를 휙 돌리며 뿌리치자 브라이언은 두 손으로 장의 손목을 움켜잡았다. 수갑이 채워진 것처럼 빼내려 해도 브라이언은 놓아주지 않았다. 브라이언의 손에서 배어난 땀이 장의 손에 스며들었다. 손가락에 난 금빛 털도 눈에 거슬려 어서 이 불쾌감에서 벗어나고 싶었다. 이런 상황에서 벗어날 수 있는 방법은 경찰에 신고하는 것밖에 없었다. 이제껏 브라이언에게 당한 것을 돌려주면 됐다. 하지만 장은 끝끝내 브라이언의 손을 뿌리치지 못했다.

잠시 뒤, 브라이언은 어딘가로 전화를 했고 오 분도 지나지 않아 사이렌 소리가 들렸다.

8

또 하루가 지나갔다.

장은 침대에서 일어나 창문을 바라보았다. 덥수룩하게 수염을 기른 남자가 창문에 서 있었다. 창문 앞으로 다가가 수염을 쓸어 만졌다. 그사이 수염이 덥수룩하게 자라 나이가 들어 보였지만 염색한 머리칼은 밝은 갈색으로 변해 피부색과 묘하게 어울렸다. 장은 옷장으로 가서 게리의 줄무늬 바지와 재킷을 꺼내 입고 스탠드 옆에 있는 안경을 썼다. 누가 봐도 완벽한 게리였다. 창문에 이리저리 얼굴을 비춰보고 거리를 내려다보았다.

거리에는 관광객들이 가이드를 따라 걸어가고 있었다. 마거릿이 죽고 없어도 거리는 이전과 달라진 게 없었다. 어디서 사이렌 소리가 났지만 더 이상 요의는 밀려오지 않았다. 이제 장은 아래로 내려가고 싶지 않았다. 무덤 속처럼 집이 아늑하고 편했다. 데이지조차 한국으로 돌아가고 없었다.

장은 침대에 엎드려 있는 폴로를 바닥에 내려놓고 방 안을 산책했다. 십 분간 방 안 산책을 하고 나자 이마에 땀이 맺히면서 크로넛이 떠올랐다. 브라이언에게 크로넛을 사다 달라고 전화한 뒤 침대에 등을 기대고 앉아 노트북을 허벅지에 올려놓았다. 그리고 마거릿이 세상을 떠난 뒤 가장 중요한 일상이 되어버린 소설 작업을 시작했다.

소설을 쓰는 동안 마거릿과 베어 마운틴에 간 날이 떠올랐다. 호숫가를 따라 돌면서 날아가는 새를 본 풍경은 아직도 생생했다. 새 춤을 추던 모습도 선명했다. 무엇보다 마거릿이 안아줬을 때 불법체류자로 살아온 날들을 잊을 수 있었다. 그때부터 마거릿은 장에게 조금씩 삼투되고 있었다. 단지 그땐 그게 사랑이란 걸 알지 못했다. 그건 꿈에서도 상상할 수 없는 일이었다. 그게 사랑이란 걸 알게 되기까지 많은 정신적 경로가 있었다. 장은 그것이 자기 소설의 세포가 되고 있다는 걸 온몸으로 느끼고 있었다. 자기 삶의 신산스러웠던 경험보다 그 사랑이 훨씬 소중하다는 깨달음, 바로 그것을 작품으로 만들기 위해 그는 자신의 힘겨웠던 지난 삶을 소설의 밑거름으로 삼고 있었다. 자신을 위해서가 아니라 마거릿을 위해, 그녀가 자신의 소설에 영원히 살게 하기 위해.

장은 노트북을 내려놓고 침대에 엎드려 오늘 쓴 소설을 폴로에게 읽어주기 시작했다.

"폴로야, 네가 마거릿 무릎에 앉아 있는 장면이니까 잘 들어봐."

마거릿은 안경을 벗어 탁자 밑에 놓고 폴로의 등을 쓰다듬으며 말했다.

"결혼이란 내 외로움을 상대가 안아주는 게 아닐까. 그리고 상대의 외로움을 내가 안아주는 것. 그래서 말인데 결혼은 세 번쯤 하는 게 좋을 것 같아."

"세 번?"

그녀들이 동시에 마거릿을 쳐다보았다.

"그래, 세 번. 세 번째 결혼은 황혼에 하는 거야, 나처럼. 황혼의 외로움을 결혼이 아니면 무엇으로 채우겠어. 늙고 차가운 몸뚱어리를 무엇으로 채우겠냐고."

이것이 사랑이라면, 이것이 사랑이 아니라면

임지훈(문학평론가)

1

우리는 누구나 사랑에 빠진다. 우리의 인생은 사랑으로부터 다른 사랑으로의 이행이라 말해도 과하지 않을 정도로 늘 사랑과 함께 한다. 그래서 우리는 누구나 사랑에 대해, 사랑이란 무엇인가에 대해서 말한다. 그 과정에서 우리는 자신이 경험한 사랑을 찬미하기도 하고, 그것을 비천하고 비루한 것으로 격하시키기도 하면서, 사랑이란 무엇인가에 대해 얕은 확신들을 쌓아나간다. 모이고 모인 확신들은 다음 사랑을 만나는 순간 일거에 무너지고 말지만 말이다.

누구나 사랑에 대해 말한다. 인간의 흔적이 깃든 모든 사물과 언어에는 사랑에 대한 정의가 함께 한다. 어쩌면 인류의 역

사라는 것도 사랑에 대한, 혹은 사랑으로 인한 고뇌의 흔적인지도 모른다. 사랑하기 위해서, 또는 사랑으로부터 벗어나기 위해서 우리는 수없이 긴 시간 동안 싸우고 반목하고 화해하고 슬퍼하며 이 시간에 이른 것일지도 모르겠다. 그 긴 시간 동안 수없이 '사랑은……'으로 시작하는 문장들을 차곡차곡 쌓아 올리며 말이다. 이처럼 우리가 늘 사랑에 대해 말해왔다는 점에서(그리고 누구나 사랑에 대해 말해왔다는 점에서), 사랑이란 가장 흔하고 보편적인 것이라 생각해도 무방할 것이다. 너무나 흔한 나머지 이제는 아무도 귀 기울이지 않을 것만 같은 그런…… '어떤' 것. 그럼에도 사랑을 둘러싸고 우리의 '말'이 계속해서 넘쳐흐르는 건, 우리가 사랑에 대해 여전히 '아무것도 모른다'는 뜻이지 않을까.

우리는 여전히 사랑을 모른다. 우리는 여전히 사랑이 궁금하다. 그리고 우리는 오늘도 사랑에 빠진다. 사랑으로 도망치고, 사랑에서 도망친다. 그러면서 생각한다. 이번에는 정말로, 진실한 사랑의 대상을 만났다고. 혹은 이것은 진실한 사랑이 아니었다고. 끊임없이 긍정하고 부정하는 쳇바퀴 속에서도 우리는 사랑을 포기하지 않는다. 포기하지 못한다. 그것이 없어도 우리의 삶은 돌고 돌 테지만, 그건 단지 우리 삶의 과잉된, 돌출된, 여분의 어떤 것에 불과하겠지만…….

이 소설은 '장'이라는 한 한국인 청년이 불법체류자로 뉴욕에 있으면서 겪은 사랑에 대한 일화이다. 그는 자신이 알지 못하는 사이 사랑에 빠지고, 자신이 모르는 사이 사랑을 지나쳐온 자신을, 과거가 되어버린 사랑을 바라본다. 아무것도 가지지 못한 두 손으로부터, 아무것도 남지 않은 두 손에 이르는 그의 순간들을, 우리는 '사랑'이 아니라면 무어라 부르면 좋을까.

2

우리는 누구든 사랑에 대해 답할 준비가 되어있다. 그리고 그 모든 사랑의 정의(定義)는 정의로서 실패할 준비에 빠져있다. 흔히 사랑을 무언가의 결실로, 이야기의 결말로 생각하지만, 언어적 측면에서 봤을 때 사랑은 결코 어떤 정의에도 영원히 머무르지 못한다는 점에서 늘 의미화가 실패하는 지점으로 남아있다. 그토록 많은 화자들이 사랑에 빠지고 사랑에 실패하고 그러면서도 사랑을 궁금해 한 나머지 사랑을 갈구하면서도, 여전히 수많은 사랑에 대한 이야기들이 나오는 건 아마 그 때문일 것이다. '사랑', 이 두 글자는 마치 고정된 어떤 것처럼 보이지만(그래서 곧잘 우리의 손아귀에 잡힐 것처럼 느끼기도 하지만), 그 의미는 사람에 따라 관점에 따라 시간에 따라 국가에 따라

인종에 따라 혹은 '나'의 기분에 따라 다르게 투사될 수밖에 없을 것이다.

그러니 사랑은, 의미화가 성공하는 지점이 아니다. 이 모든 이야기들에서 우리가 얻은 결론은 '사랑이란 x이다'와 같은 완결된 문장이 아니다. 우리가 얻을 수 있는 결론이란 아주 소량의, 혹은 없느니만 못한 그런 것일지도 모르겠다. 예컨대, 사랑은 단지, 언어를 통한 그 모든 의미화가 실패하는 지점일 따름이다. 그러니 어쩌면 사랑이란 건 우리의 생각이나 말이 지시하는 방향에서 조금쯤 비스듬히 떨어져 있는 것일지도 모른다. 마찬가지의 맥락에서, 소설을 읽을 독자들 가운데에는 이것이 사랑이냐고 반문할 사람도 많을 것이다. 어쩌면 이것은 착각이거나 모성에 대한, 혹은 존재의 인정에 대한 간구(艱苟)한 이야기라고 생각할 사람도 있을 것이다. '장'의 이야기는 시작에서부터 그 여정을 걸쳐 최종적인 결착에 이르기까지 사랑이라 말하기엔 너무 예외적인 순간들을 자주 노출하기 때문이다.

처음 그 시작은 아마도 '장'이 '마거릿'에게 프러포즈하는 순간일 것이다. 이때 장의 목적은 매우 분명하다. 그것은 사랑이 아니다.

그날부터 마거릿이 부르면 밤낮없이 찾아가 정성껏 안아주었다. 폴로 산책도 시켰다. 종종 크로넛을 사다 주고 식탁에 마주 앉아 저녁도 같이 먹었다. 무엇보다 마거릿의 마음을 얻으려고 서비스로 십 분씩 더 안아주었다. 그리고 어느 정도 마음을 얻었다고 생각했을 때 결혼 거래를 하기로 결심했다. 불법체류자로 살면서 장은 몸과 마음이 모두 지쳐 있었다.

"죽을 때까지 내 옆에 있어주면 난 데이비드에게 뭘 줘야 하는 거지?"

마거릿은 꽃다발을 탁자에 내려놓고 장의 마음을 떠보듯 가만히 응시했다.

"영주권요."

마거릿의 눈빛이 살짝 흔들렸다. 마거릿은 탁자 바구니에 있는 사탕을 까서 입에 넣고 껍질을 문질렀다. 바스락거리는 소리가 거슬렸다. 거절당할까 봐 장은 반지 상자를 꺼내 뚜껑을 열어 마거릿이 볼 수 있도록 돌려주었다. (p.26)

이 프러포즈의 목적은 사랑의 실현이 아니다. 후에 밝혀지듯 취업 사기와 아버지의 죽음 이후 오랜 시간 불법체류자로 뉴욕에 머무를 수밖에 없었던 '장'의 목적은 '마거릿'과의 결혼을 통해 취득될 영주권이다. 뉴욕의 거리를 당당하게 걸어 다니기 위해서는, 다친 연인의 다리를 치료해주기 위해서는 영주권을 얻는 수밖에 없기 때문이다. 이 프러포즈의 대상이 '마거릿' 인 것도 딱히 그녀이기 때문도 아니다. '스너글러'인 '장'이 "불법체류자 생활을 멈추려면 미국 여자와 결혼하는 방법밖에 없었는데 젊은 여자들은 한낱 동양인에 불과한 장에게 관심이 없었"고, "관심을 보이다가도 불법체류자인 걸 알면 더는 만나주지 않았"기 때문에, "그래서 여자들을 안아주러 다닐 때 젊은 여자보다 나이 든 여자에게 잘 해줬"던 가운데, 마거릿이라면 자신과 결혼해줄지도 모른다는 미약한 확신을 얻었기 때문이다. 즉 이 프러포즈를 통해 장이 원하는 것은 '마거릿'도, 그녀의 마음도 아니다. 그가 원하는 것은 사랑의 결합으로서의 결혼에서 부산물이라고 여겨지는 것들, 영주권과 그녀의 '2500 스퀘어 피트짜리 집'이다.

어쩌면 '장'의, 자신의 욕망을 위한 이와 같은 투신은 연인 '데이지'를 위한 헌신일지도 모른다. 그녀는 자신으로 인해 다리를 다쳐 절뚝거리는 신세가 되었고, 그 후로 계속 지네와 같은 흉터를 가진 채 사는 신세가 되었으니까 말이다. 그래서 '장'은 그런 '데이지'를 고쳐주고 싶고, 그녀와 행복하게 살기를 희망하는 것처럼 보인다. 하지만 정말 그럴까? '장'은 정말로 '사랑'하는 '데이지'를 위해, 그녀에게 헌신하고자 '마거릿'에게 자신의 인생을 투신하는 것일까?

이 소설을 처음부터 끝까지 일독한 독자라면, '장'의 행동의 많은 이유들이 '데이지'로 인한 것임을 충분히 이해할 것이다. 거주에서부터 생활에 이르기까지 '장'은 많은 부분들에 있어 '데이지'를 생의 기준으로 삼는다. 하지만 그렇다고 해서 '장'에게 있어 '데이지'가 진정한 사랑의 대상이라고 생각하기에는 석연찮은 과정들이 너무나도 많다. 예컨대 그는 그녀를 연인이라고 말하면서도 그녀의 의견을 따르지 않는다. 심지어는 '데이지'의 말에 '이건 거래일 뿐'이라고 언성을 높이며 그녀의 의견을 묵살한다. '데이지'는 자꾸만 '장'의 욕망이 실현되는 것을 가로막는 '장애물'처럼 나타나는데, 이와 함께 그녀에 대한 '장'의 태도 또한 갈수록 미궁 속으로 빠져든다. 그녀를 위해서라는 '장'의 말에도 불구하고 '데이지'는 그의 행동을 비난하고, 그것을 가로막으려 하며, 그와 '마거릿'이 어딘가로 향할 때면 거기에 나타나 둘의 사이를 훼방 놓으려 계속해서 노력한다. 마치, 그것은 단순한 '거래'가 아니며, 설령 그렇다고 할지라도 그것이 단지 한낱 '거래'에 머물지 않게 되리라는 것을 알고 있다는 듯이, '장'과 '마거릿'의 계약 결혼 생활에서 결코 지워질 수 없는 얼룩처럼 존재한다.

'장'은 이러한 '데이지'의 태도에 화답하듯 점차 '데이지'와의 연결고리를 끊어간다. 그녀의 연락을 무시하고, 그녀를 찾아가는 일이 점차 줄어들며, 종내에 그녀는 그의 삶에서 사라지고 만다. 이러한 과정을 '장'의 시선을 따라 걸어가고 있자면 그런 의문이 들게 될 것이다. 정말로 '데이지'는 '장'의 사랑이었을까? 정말로 '장'은 '데이지'를 사랑했기에 '마거릿'에게 자신의 삶을 투신한 것일까? 어쩌면 단지 '장'은 자신으로 인해 다치게 된 '데이지'에 대한 죄책감으로부터 달아나기 위해 '마거릿'에게 자신의 삶을 투신한 것은 아닐까? 마치 계속되는 취업 실패로 인해 미국으로 떠나온 것처럼……. 어쩌면 '장'에게 있어 '데이지'에 대한 사랑이란, 단지 자신의 죄책감에 대한 속죄를, 그것을 완수할 수 없는 자신의 무능을 감추기 위한 심리적 방어기제에 불과했던 것은 아닐까? 마치, 취업 사기를 당하고 불법체류자가 되어서도 한국에 돌아가지 못한 채 아무것도 아닌 존재가 되어 뉴욕을 떠돌아다니는, 그렇게 해서라도 자신의 무능을 직면하지 않으려 끝없이 회피하는 '불법체류자' 장의 신세처럼……. 비록 '데이지'가 결코 그에게 어떤 죄에 대한 책임을, 책임에 대한 지불을 요구하지 않음에도 불구하고 말이다.

그러니 장에게 있어 '마거릿'과의 관계에서도, '데이지'와의 관계에서도 이 모든 '사랑'은 단지 외관(外觀)에 불과한 걸지도 모른다. 혹은 이 모든 '장'의 행동이 단지 사기에 불과하다고 말해도 부적절하지는 않을 것이다. '데이지' 또한 그에게 있어서는 불법체류자가 된 순간에 자신을 의탁하고 외로움을 달래줄, 그리고 자신을 하나의 존재로 보아줄 도구의 하나였으니 말이다. 조금 과장되게 말한다면, 이 소설에서 '사랑'이라는 외관은 단지 '장'이 자신의 무능을 감추고 그것을 외면하기 위해 설정한 하나의 환상에 불과할지도 모른다. 우리가 '마거릿'이 프러포즈를 받아들이는 장면에서 '장'의 모습을 보며 어떤 위화감을, 혹은 불쾌감을 느끼게 되는 것은 이러한 '장'의 사랑에 대한 도구적 태도 때문일 것이다. '장'은 '마거릿'이 자신의 프러포즈를 받아준 순간에 기쁨의 한편으로 노인의 체취에 대한 불쾌를 느끼며 이로부터 자신의 미래에 대한 음울한 편린(片鱗)을 엿본다. 그러고는 그것으로부터 도망치듯 자신의 기분을 끌어올린다. 마치, 모든 것은 이제 잘될 것이라는 듯이 혹은 지금 모든 것은 잘되어 가고 있다는 듯이. 이제 남은 것은 '마거릿'의 남편이라는 외관을, 국적과 나이를 뛰어넘은 '사랑'이라는 외관을 진실되게 지키기만 하면 된다는 듯이.

하지만 장의 '사랑'은 생각처럼 쉽게 풀리지 않는다. 때로는 자신의 연인인 '데이지'가 '마거릿'과의 관계를 위협하는 걸림돌이 되기도 하며, '마거릿'을 사랑하는 '올리버'가 둘의 관계를 위협하기도 한다. 그녀의 첫 번째 남편과의 사이에서 태어난 아들인 '브라이언'은 상속권과 인종주의적 편견으로 인해 둘의 관계를 끊임없이 위협하며, 심지어는 '마거릿' 그녀 자신이 이 관계의 위험 요소로 작동하기도 하고, 그녀의 죽은 두 번째 남편인 '게리'의 존재가 '장'을 위협하기도 한다. '마거릿'은 끊임없이 '장'에게 이 모든 위협과 걸림돌들을 넘어설 것을 요구하며, 심지어는 자신을 위해 '장'이 자신의 죽은 남편 '게리'가 될 것을 요구하기도 한다. 그렇게 '장'은 불가능한 요구들 속에 빠진 자신을 발견한다. '장'으로서의 모든 것을 버리라는, 마치 나와 결혼하고 싶다면 먼저 상징적인 '죽음'을 맞이하라는 것처럼 들리는, 그런 요구.

3

앞서 살펴본 '장'의 태도를 기억한다면 —그가 왜 불법체류자가 되었으며 데이지를 '사랑'한다고 말하면서 그녀로부터 도피하고자 '마거릿'에게 자신의 삶을 투신하는지— 사랑의 장애물과 불가능한 요구를 마주한 '장'이 또 다른 도피처를 선택하리라는 것은 자명해 보인다. 그런데 문제는 '장'이 이와 같은 난처함과 곤궁 속에서 도피를 선택하지 않는다는 것이다. 마치, 더는 물러설 수 없다는 듯이 '장'은 자신이 마주한 곤궁들을 빠져나가고자 최선을 다하기 시작한다. 그는 '마거릿'이 '데이지'로 인해 자신을 의심하는 상황을 피하고자 점차 '데이지'의 연락을 피하고, 그녀가 '마거릿'과 마주하지 못하도록 노력한다. '올리버'에게는 '그레이스'를 부추김으로써 그의 관심을 '마거릿'에게서 멀어지게 만들며, 심지어는 '게리'가 되라는 '마거릿'의 요구에도 충실하게 부응한다. 처음에는 짐짓 불가능해 보였던 요구들 속에서 '장'은 그 요구들에 하나씩 부응해가며 '마거릿'의 완벽한 연인을 연기하고자 노력한다. 비록 '마거릿'을 안을 때, 그녀의 노쇠한 몸으로부터 도망치고자 '데이지'를 상상하기도 하지만, 역설적이게도 이 장면 또한 '마거릿'을 안기 위해 '데이지'라는 실제의 연인을 이용하는 것이라는 점에서, '장'의 태도는 여전히 '마거릿'을 향해 있다.

이 완전에 가까운 연기를 통해, '사랑'과 '연인'과 '부부'라는 가장(假裝) 속에서 우리가 발견하게 되는 것은 무엇인가. 처음에는 '단지'사기꾼에 불과해 보였던 '장'이 마거릿과 함께 베어마운틴에 갔던 날, 자신도 모르게 아버지에 대한 이야기를 '마거릿'에게 하며 자신의 고독을 토로하는 '장'의 모습과 '마거릿'의 외로움에 대한 호소에 정현종의 「방문객」을 읽어주는 '장'의 모습, 심지어는 다친 다리를 끌며 쓸쓸히 멀어지는 '데이지'를 외면하는 '장'의 모습을 만날 때, 우리가 보는 것은 정말 '단지' 연기를 위한, 혹은 연기에 불과한 '장'의 기만에 그치는 것일까? 그 목적이 무엇이었던 간에 '장'이 혼신을 다해 자신의 '연기'에 몰입할수록, 역설적이게도 우리는 '장'에게서 지금 여기에 있어서는 안 될 (혹은 있으리라 생각지 못했던) 사랑의 작은 조각들을 마주하고 있는 것은 아닐까?

"진짜 거래?"
"이제부터 진짜 사랑을 하자고요."

(중략)

장은 이제부터 진짜 게리가 되기로 했다. 마거릿이 완전하게 자신을 믿게 하려면 게리가 되는 방법 밖에 없었다. 완전하게 타인이 되어 타인을 사랑하는 것. 마거릿이 살아있는 동안만 게리가 되었다가 마거릿의 죽음과 함께 게리에서 벗어나면 됐다.
(p.160~164)

'장'과 '마거릿'이 알고 있듯이, 우리 또한 그 둘의 관계가 단지 거래일뿐이라는 것을 알고 있다. '장'은 영주권을, '마거릿'은 자신을 둘러싼 고독을 물리칠 거래 말이다. 그런데 아이러니하게도 이 거래가 계속됨에 따라 둘은 서로의 유일한 존재가 되어간다. '마거릿'은 '장'의 고독을 알고 있는 유일한 사람이 되며, '장'은 '마거릿'이 '욕망'을 지닌 한 사람의 여성임을 알고 있는 유일한 사람이 된다. 거래로부터 시작된 둘의 관계가 거래에 충실할수록 서로에게 유일한 의미가 되는 변화가 초래되고 있는 것이다. 단순한 거래의 관계를 초과해 버린 저 모습에 대해, 우리는 저것을 '사랑'이 아닌 다른 이름으로 부를 수 있을까? 우리가 이 소설을 통해 어떤 섬뜩함을 조금이나마 느끼게 된다면, 그것은 아마 이러한 이유 때문일 것이다. 진실 되지 못한, 단지 외관뿐이어야 할 '장'과 '마거릿'의 관계 속에서 여기에 있어서는 안 될 어떤 작은 조각이 빛나고 있으므로. 이 관계를 단순화시킬 수 없도록, 우리가 이 이야기를 쉽게 소화시킬 수 없도록 우리의 목구멍에 걸릴 작은 조각이 너무나도 선연히 이곳에 빛나고 있으므로. 이 빛나는 작은 조각을 '사랑'이라고 부르지 않을 수 없으므로…….

이처럼 둘의 관계가 '거래'를 초과하였을 때, 그리하여 '거래'의 부산물로서 '사랑'이 두 사람의 사이에 나타날 때, 그럼에도 불구하고 '장'은 여전히 혼란스러운 모습을 보여준다. 이러한 혼란은 작중에서 '마거릿'의 죽음에 대한 '장'의 상상의 형태로 두 번에 걸쳐 구체화된다.

데이지가 장을 노려보았다.
"안 죽으면? 죽이기라도 할 거야? 그래야 내가 기다려도 기다릴 거 아냐."
마거릿이 곧 죽을 거라고 말했지만 거기까지는 한 번도 해보지 않은 생각이었다. 사실 이제는 고혈압이나 뇌졸중으로는 쉽게 죽지 않았다. 큰아버지 역시 뇌졸중을 앓고 요양원 침대에 누워 칠 년을 살았다. 마거릿이 뇌졸중으로 쓰러져 칠 년을 산다고 생각하자 아찔했다. 칠 년은 너무 길었다. 목을 조이는 상상을 하다 장은 바르르 몸을 떨고 데이지의 등을 떠민 다음 마거릿한테 갔다. 마거릿은 아무것도 묻지 않았다. 올리버가 뭔가 물으려는 걸 되레 말렸다. (p.121~122)

마거릿은 병원이 어디인지 물으려고 브라이언에게 전화를 걸었다. 장은 휴대폰을 빼앗으려고 마거릿의 손을 잡았다. 뺏기지 않으려고 몸을 틀다 마거릿이 쓰러졌다. 마거릿은 눈을 감은 채 꿈쩍을 하지 않았다.
"에잇, 씨발. 이게 뭐야. 결혼식 날에 이게 뭐냐고요."
장은 한국말로 욕을 내뱉었다. 순간 데이지의 말이 떠올랐다. 안 죽으면? 안 죽으면 죽이기라도 할 거야? 장은 두 손으로 머리통을 움켜쥐며 소리를 질렀다.

"죽어도 결혼식을 올리고 죽으라고요……. 여기서 죽으면 난 어떡해, 난 어떡하냐고." (p.206~207)

처음에 '장'은 '데이지'의 추문(推問)으로 인해 '마거릿'의 죽음에 대해 상상한다. 죽지 않으면 죽이기라도 할 거냐는 '데이지'의 추문에 '장'은 현기증을 느낀다. 장은 여전히 '영주권'을, 보다 정확히는 그것을 얻은 후 자유로워진 자신을 꿈꾸고 있다. 때문에 '장'에게 '마거릿'의 죽음은 자유를 위한 조건이며, 그것은 목적을 위해 완수되어야 할 과정(비록 장이 그것에 직면하는 것을 무의식적으로 회피하고 있음에도 말이다)이다. 그렇기에 장은 결혼식을 앞두고 쓰러져 의식을 잃은 '마거릿'의 앞에서 진심을 다해 욕설을 내뱉는다. 적어도 '마거릿'의 죽음은 결혼식 이후에, 자신이 영주권을 얻은 이후에 일어나야 하는 일이므로.

하지만 이때의 '장'의 마음에는 어딘가 불투명한 구석이 놓여 있다. 그것은 '데이지'의 추문에 대한 회상이 갑작스럽게 끼어 들어 오는 부분이다. 단지 결혼식 이전에 그녀가 죽었다는 사실만으로는 충분히 환원될 수 없는 이 회상에는 '장'과 우리를 불편하게 만드는 이질적인 조각이 숨어있다. 모순적이게도 이 '조각'은 소설을 읽는 우리뿐만 아니라 '장'조차도 혼란스럽게 만드는 무엇이다. 왜? 처음부터 '장'이 '마거릿'을 통해 원했던 것은 '사랑'이 아니었기 때문이다. 자신이 원하던 '결혼'과 원하지 않았던 '사랑'의 사이에서 나타나는 혼란스러운 감정은 '마거릿'의 죽음이 현실이 되는 순간 우리의 눈앞에 확연하게 펼쳐지며, 이 순간 '장'의 감정은 자신의 욕망과는 관계없이, 자신조차 예상하지 못한 방향으로 터져 나오게 된다.

"마거릿. 마거릿."

몇 번을 불러도 마거릿은 눈을 뜨지 않았다. 장은 무릎을 꿇고 앉아 마거릿의 상체를 들어 안았다. 마거릿은 일그러진 얼굴로 살짝 입을 벌리고 있었다. 입속으로 검은 어둠이 보였다. 검은 어둠이 마거릿을 집어 삼키는 것 같았다.

마거릿은 숨을 쉬지 않았다. 모든 소리가 멈춘 것처럼 사방이 고요했다. 뭔가 크게 잘못된 거라는 생각이 들었다. 커다란 행운이 자신을 비켜간 느낌이 들었다. 자신의 느낌이 망상이길 바라면서 다시 마거릿을 불렀다. "마거릿, 마거릿. 일어나요. 제발 눈을 떠봐요. 파스타 먹고 목요일에 토론할 책을 읽어야 해요. 한인마트에 콩나물국밥 재료도 사러 가야 해요. 그러니까 어서 일어나요." 장이 오늘의 스케줄을 말해도 마거릿은 끝내 대답하지 않았다. 시간이 얼마나 흘렀는지 느끼지 못한 채 장은 마거릿을 안고 있었다. (p.214~215)

브라이언과의 다툼에 휘말려 일어난 사고로 인해 '마거릿'이 숨을 멈춘 순간, '장'은 "커다란 행운이 자신을 비켜간 느낌"을 받는다. 결혼식을 마치고 영주권을 손에 넣었으며 '마거릿' 또한 죽음을 맞이하는, 자신의 본래의 계획이 실현된 그 순간에 '장'은 왜 이러한 기분을 맛보고 있는 것일까. 어쩌면 모순적이게도 '장'이 처음부터 원했던 것, 혹은 진실로 원했던 것이 '영주권'이 아니었기 때문인 것은 아닐까. 예컨대 '장'은 자신도 모르는 사이에 진정으로 욕망하던 것을 손에 넣었었음을 그녀의 죽음을 통해 직감했던 것은 아닐까. 영주권과 뉴욕과 데이지와 마거릿, 소설을 통해 표현된 '장'의 모든 콤플렉스와 욕망들은 '장'이 그러한 욕망 너머에 있는 비루한 자신과 마주하지 않을 수 있도록 하기 위한 일종의 장치들이었을 뿐이다. 사실 '장'이 정말로 원했던 것은 그런 비루한 자신을 '다 알면서도' 안아줄 한 사람이었던 것이다. 그렇기에 '장'은 자신의 욕망의 계획이 정말로 실현된 순간 좌절하고 절망한다. '비루한 나'를 안아줄 사람이 영원히 사라져 버린 자리에는 '비루한 나'만이 남게 될 테니 말이다.

그러나 이 장면에서 '사랑'은 또다시 피어난다. 그리고 그것은 여전히 부산물처럼 피어난다. 정말로 성취되어 버린 자신의 욕망 속에서, 자신이 정말로 원했던 것은 이것이 아니었다는 부정의 형태로 '사랑'은 피어나는 것이다. 우리는 이 장면에서 진실한 사랑을 읽는다. 다만, 이미 지나가버렸으며 돌이킬 수 없게 된 것으로써 그것을 만나고 만다. 나의 '욕망'이 진실로 '나'의 욕망이 아니었음을 깨닫게 해주는 장치로써, 혹은 욕망에 충실하고자 '사랑'의 외관에 충실해져 갈수록 나의 마음속에서 점점 커져가며 '나'를 불편하게 만든 그것이 바로 '사랑'이었음을 깨닫게 되는 형태로서 말이다. 그렇기에 이 장면에서 우리가 마주하게 되는 것은 근본적인 역설이다. 우리가 우리의 '가면'을 충실하게 연기하자, 그것이 우리의 본성이 되고야 말았다는 마치 저주와도 같은 역설 말이다.

4

'장'이 마침내 '게리'가 되어 뉴욕을 내려다보는 장면에서, 우리는 자신의 가면이 궁극적으로 자신의 얼굴이 되고야 마는 역설을 다시금 확인하게 된다.

또 하루가 지나갔다.

장은 침대에서 일어나 창문을 바라보았다. 덥수룩하게 수염을 기른 남자가 창문에 서 있었다. 창문 앞으로 다가가 수염을 쓸어 만졌다. 그사이 수염이 덥수룩하게 자라 나이가 들어 보였지 만 염색한 머리칼은 밝은 갈색으로 변해 피부색과 묘하게 어울렸다. 장은 옷장으로 가서 게리의 줄무늬 바지와 재킷을 꺼내 입고 스탠드 옆에 있는 안경을 썼다. 누가 봐도 완벽한 게리였다. 창문에 이리저리 얼굴을 비춰보고 거리를 내려다보았다.

거리에는 관광객들이 가이드를 따라 걸어가고 있었다. 마거릿이 죽고 없어도 거리는 이전과 달라진 게 없었다. 어디서 사이렌 소리가 났지만 더 이상 요의는 밀려오지 않았다. 이제 장은 아래로 내려가고 싶지 않았다. 무덤 속처럼 집이 아늑하고 편했다. 데이지조차 한국으로 돌아가고 없었다. (p.217~218)

아무것도 달라지지 않은 뉴욕의 '2500 스퀘어 피트짜리 집'에서, 그는 거리를 바라본다. 아무것도 갖지 못한 손으로부터 그는 이제 집과 영주권을 얻었다. 자신의 욕망이 완전하게 실현된 그 자리에서, '장'은 정말 모든 걸 얻은 것만 같다. 단지 그 자신, 불법체류자이자 스너글러이며 '데이지'의 연인이었던 '데이비드 장'을 대가로 치르고서 말이다. 이제 그는 완전한 '게리'가 되었다. 다만, 모든 것을 잃어버린 '게리'가 되었다. 사랑도, 연인도, 그 모든 순간을 과거에 두고 와버린 '게리'말이다. 그렇게 우리는 '거래'의 대가라고도, '사랑'의 대가라고도 쉽사리 말할 수 없는 '그'를 앞에 두고 있다. '장'이라고도 '게리'라고도 부를 수 없는 '그', '장'의 모든 것과 '게리'의 모든 것을 지불해 버린 '그'를 말이다.

이처럼 텅 비어버린 '그'는 역설적이게도 이 마지막 장면에서 '자기 삶의 신산스러웠던 경험보다 그 사랑이 훨씬 소중하다'고 되뇐다. 그러고는 텅 비어버린 자신의 내면을 '사랑'의 언어로 다시 채우기라도 하려는 듯이 매일매일 소설을 쓰며 살아간다. 그렇게 그는 소설을 씀으로써 '마거릿'과의 관계에서 부산물처럼 피어난 사랑을 자신의 본원으로 정립한다. 원하지 않았던 것이 '나'의 정중앙에 위치하게 되는 이 역설을, '사랑'의 경험이 아니라면 무엇이라고 설명할 수 있을까. 하지만 그렇다고 해서 이 실패한 삶의 순간을 '사랑'이라고 우리는 확고하게 말할 수는 있는 것일까? 사랑이 아니라면, 혹은 이것이 사랑이라면, 우리는 대체 이 텅 비어버린 소설가의 삶을 무엇이라고 불러야 좋은 걸까.

어쩌면 이것이 고요한의 화법일지도 모르겠다. 그는 '사랑'에 대해 말하면서 우리로 하여금 '사랑'에 대해 의심하게 만든다. 이것이 사랑이냐고 비난하게끔 우리를 충동질하면서 동시에 이것이 사랑이 아니라면 무엇이냐고 스스로를 비난하게 만든다. 단지 사기에 불과했던 것이 사랑이 되는 형체 변환의 순간 속에서, 가면에 불과했으며 단지 한낱 '외관'에 불과했던 것이 진심으로 뒤바뀌어 버리는 시간 속에서 그는 '장'의 입을 빌려 이렇게 묻는 걸지도 모른다. '당신은 사랑을 아는가?'라고……. 이것이 '사랑'이 아니라면, 대체 무엇을 '사랑'이라 부를 것이냐고. 우리가 정중앙으로 겨눴을 때에는 손에 잡히지 않았던 것이 원치 않은 순간 우리를 덮치고, 그것을 깨달았을 때에는 이미 스쳐 지나가 버린 뒤라는 이 황망한 감각을 '사랑'이라 부르지 않고서 견딜 수 있겠느냐고. 그리고 당신은 이것을 '사랑'이라고, 이것도 '사랑'이라고 말할 수 있겠느냐고. '나'의 외로움이 의도치 않게 누군가에게 안겨있었던 그 시간을 대체 무엇이라 부르면 좋겠느냐고…….